〔比利时〕梅

青 鸟

海峡出版发行集团 THE STRAITS PUBLISHING & DISTRIBUTING GROUP | 海峡文艺出版社 Haixia Literature & Art Publishing House

图书在版编目(CIP)数据

青鸟/(比)梅特林克著;马云娇译. —福州:海峡文艺出版社,2017.8(2023.9重印)
(诺贝尔文学奖大系)
ISBN 978-7-5550-1197-2

Ⅰ.①青…　Ⅱ.①梅…②马…　Ⅲ.①童话—比利时—现代　Ⅳ.①I564.88

中国版本图书馆CIP数据核字(2017)第145789号

诺贝尔文学奖大系
青鸟

[比利时]梅特林克　著　马云娇　译

责任编辑	陈　瑾
出版发行	海峡文艺出版社
经　　销	福建新华发行(集团)有限责任公司
社　　址	福州市东水路76号14层
发行部	0591—87536797
印　　刷	福州俊丰彩印有限公司
地　　址	福州市晋安区鼓山镇鼓一村福光路189号
开　　本	889毫米×1194毫米　1/32
字　　数	139千字
印　　张	6.375
版　　次	2017年8月第1版
印　　次	2023年9月第3次印刷
书　　号	ISBN 978-7-5550-1197-2
定　　价	39.00元

颁奖辞

瑞典文学院常任秘书 C.D.威尔逊

本年度，文学界的泰斗们向我们推荐了一批诺贝尔文学奖的有力角逐者。因为这些人中有许多都非常杰出并与众不同，所以要从中分出优劣实属难事。经过评委会多次探讨和严肃认真的评选，瑞典文学院最终决定将此荣誉颁发给梅特林克。这是由于梅特林克的作品别具特色的新颖性与独创性，更与以前的文学形式有着较大的区别。从他的作品中我们可以感受到理想主义的特点，它深入人心并将我们往神圣的至高无上的境界引导。这位尚不及50岁的作家才能卓越，他因自己独特的气质和风格以及神奇的创作才能，深受广大读者的喜爱。他用丰富的想象力，将社会道德伦理细致地展现在人们的眼前，让人不禁联想起索福克勒斯[①]的话，“人有时候不过如

①索福克勒斯，古希腊悲剧家。

影子般无关紧要”，以及卡尔德隆[①]的《人生如梦》。

梅特林克十分巧妙地将人的潜意识挖掘出来，并将人类内心深处的灵魂唤醒，但是他从来不矫揉造作，也不刻意追求新颖。他总是用他强烈的信心和充满古典气息的高雅特质来表现他的文学世界。虽然他戏剧作品中的背景与动作不大清晰，就如同中国传统戏剧——皮影戏那样，而且剧情大多是传说或者有点荒诞不经，但是梅特林克将对话设置得直接犀利，往往这样的台词更能借着轻缓的音乐向人们展示他们心中真实的想法。他使我们觉得远方才是我们真正的归属之地，那里不是我们在世俗中所能感触到的。即便这遥远的境界已经由他在诗中为我们创造了，可是他所处的那个境界依旧是我们无法企及的。

梅特林克于1862年在根特市出生，他的家庭条件非常好，曾受教于圣巴比城故耶稣士学院。即便他对那里的环境并不是十分满意，但是传统的教学风格却深深地影响着他对这个世界的认识，并引导着他进入神秘主义的殿堂。在该校毕业并获得学位后，他遵从父母的期望攻读了法律，并成了根特市的一名律师。但是就像为他写作传记的作家所说的那样，他的表现明显说明了他并不适合做一名律师。因为某些“刚刚好的弱点”使得他并不适合在法庭上进行琐碎的辩论以及为他人做公开的辩护。

文学引起了他的兴趣，特别是他在巴黎与几位作家打过交道之后，这种吸引力剧增，而这当中的维利埃·德利尔·亚当对梅特林克的影响尤其大。梅特林克对巴黎非常着迷，于是在1896年他选择定居在那里。可是巴黎的繁华与喧嚣并不适合爱隐居思考的他长期

①卡尔德隆，17世纪西班牙著名剧作家，代表作《人生如梦》。

停留，于是他在夏季前往圣瓦德利尔，在一座历史悠久的教堂中居住下来。到了冬天，他就住在开满鲜花、气候适宜的格拉斯小镇。

《温室》是梅特林克的处女作，这是一本感情细腻的诗集。这本诗集中体现出来的饱受情感折磨之苦颇让人十分惊讶，因为这种感情根本不同于他安静平和的性格。同年，他的另一部作品《玛莱娜公主》问世，这部作品运用反复的手法给读者创造出一幅不间断的画面，因此显得有些单调却又阴森可怕，但不可否认，作品中奇妙的故事暗藏着极大的魅力。梅特林克的笔法功底是被大众认可的，他笔下的那种活力在艺术创作过程中十分重要。对于这部剧作奥克塔夫·米尔博[1]曾撰文在《费加罗报》上大加赞扬。至此，梅特林克便不再是一个默默无闻的无名之辈了。

后来，梅特林克进行了一系列的戏剧创作，他作品中的时间和地点往往无迹可查。地下暗廊的幽秘古堡，绿荫怡人的公园，又或者是矗立在海边的灯塔常常成为故事的背景。在这些令人伤感的地方，人物就如意念那样模糊地出现。在他的几部优秀作品中，他表现出对象征主义和不可知论的崇拜，可是我们并不能就此认为他信奉唯物主义。根据诗人所特有的想象力与本能来看，他认为人不只属于有具体形态的世界。在他看来，如果不能让我们领会到现象的本质，或者是一种更加神秘、更加深刻的真实的表现的话，那么就不能算作是诗。有时候，这种思想在他的身上会表现得模糊而婉转，而他本身则认为这一切都是因为有一种宿命的、处处皆在的神奇而隐秘的力量存在着。在他创作的众多戏剧中，这样的观念已经弱了很多。他赋予戏剧更神奇繁杂的影响力和更深切的期望，但是真实

① 奥克塔夫·米尔博，法国著名戏剧家、小说家。

性有所降低。在他最优秀的文学作品里面，最突出、最主要的观念体现在精神上面，是探求心灵深层次的东西。这些超越了推理和思考的范畴，很自然地体现在他的行为上，让他擅长对幻想剧的描绘，在创造梦幻时始终保持严格谨慎。虽然表达技巧稍显繁琐，但他严谨的表达方式，一点也不会影响人们理解他的作品。

梅特林克的戏剧也受到了自然神论的影响，这也是他的戏剧显著有别于皮影戏的原因所在。可是人们并不能因为这样就小看了他的创造能力，就如同斯宾诺莎和里格尔都不是自然神论的信奉者，但却是有着巨大成就的思想家一样。虽然梅特林克对生命和事物的观念让他并不像一个信奉自然神论的人，但他作为一个诗人是十分伟大的。他并不对任何事物做出否定，只是将存在于事物中的潜在本质挖掘出来。梅特林克免不了成为一个不可知论的信奉者，这归因于人类现有的理解力无法将事物存在的本质以具体准确的概念归纳出来。虽然梅特林克作品中的角色常常充满梦幻色彩，但依旧带有浓烈的人性色彩，就像莎士比亚说的那样：

我们都是喜欢做梦的人，
我们短暂的人生仅仅是，
黄粱美梦。

除此之外，梅特林克绝对不是一个善于争辩的人，他的创作基本上都带有一种灵活有趣又混含着阴沉的气质，因此从诗歌之美这方面来看，他超过了很多主要描绘人性的作家。很明显，梅特林克有深刻的思想和感觉，他热切追求真理的行为，让我们真心崇拜，他的内心一直存在着对人心进行引导的法律与公正。梅特林克这位有过很多心路历程和体验的人，有的时候会说起宗教对世界的统治终将会被“引力”所取代，毫无疑问，大家可以把这种“引力”当作是宗教中的道德象征并加以遵守。

由于时间方面的关系，我并不能将他的全部作品在这里一一列举，可是我愿意在这个神圣的时刻对他的优秀作品做一个简要的介绍。

《不速之客》是他的一部短剧，这部作品对神秘而冷酷的死亡力量进行了描写。一位母亲濒临死亡，希望她恢复健康的亲友围绕在她的身旁。这些人中只有眼盲的老爷爷发现了神秘的脚步声潜入花园，树林发出沙沙的声音，夜莺也安静了下来，吹过一阵冷风，似乎有磨刀的声音响起，眼盲的老爷爷发现有一个人类的眼睛看不见的人进了屋子并坐在大家身边。午夜的钟声响起，仿佛有人起身离开，这个时候病人呼出了最后一口气，而那位不请自入的人也失去了行踪。梅特林克将死亡的征兆细微而有力地描绘了出来。

另一部短剧《盲人》也表达了对灾难事件的预见，忧郁程度更甚于前。一个年迈又患有重病的祭司带领一群盲人进入森林后不见了，盲人以为老祭司失踪了。而事实是，老祭司并未迷路，而是已经丢了生命。这群盲人慢慢地才意识到他的逝世，没有依靠的盲人怎么样才能再找到依靠呢？

《佩莱阿斯和梅丽桑德》及《阿拉丁和帕洛密德》两本书对爱的各种形式的宿命之力进行了描述，用神奇的想象能力描写了爱是怎样被外部环境约束，并在命运齿轮下破灭，最终智慧只会酿成悲剧，在命运齿轮下瓦解的还有人类的力量。

梅特林克最优秀的戏剧著作，毫无疑问当属《阿格拉凡和塞利赛特》。这部作品是世界文学历史上的一部巨著，文笔虽然十分压抑，但是蕴含了诗的丰富宝藏。梅兰德里和害羞可爱的塞利赛特结了婚，但是又和贵妇阿格拉凡陷入爱河。两人的爱情超出世俗却非常纯洁，可是塞利赛特却十分痛苦，因为她不能得到丈夫的心。这个温柔的女人决定舍己为人成全阿格拉凡和自己的丈夫。她走进一间十分破旧的小屋子，故意靠在歪倒的墙上，以至于墙面倒塌后她也一起掉入海中。可是塞利赛特没有达成自己的愿望，她受伤后跌落在沙滩上面获救了。即便是濒临死亡，塞利赛特依旧宽大无私，她极力说明这只是发生了一点意外，她这样做是为了不让梅兰德里和阿格拉凡心中有愧。这部剧作中出现的人物都表现得十分宽容高贵，梅兰德里与阿格拉凡觉得幸福如果建立在别人的痛苦之上就容易失去乐趣，也无法长久。假如他们之间并没有那种难以抵抗的吸引力，那他们就不必为出自本能的渴望而感到痛苦，而是应该上升到更加纯洁的精神境界。他们与命运奋力抗争，但是斗争的苦痛却让他们俩人开始怀疑是否存在不同性别之间的友情，最终他们还是在自己拼命想要摆脱的罪恶中越陷越深。这本书中阿格拉凡说过一句经典的话："如果一定要有人去承担痛苦，那就让我们来承担吧。我们担负着无数的责任，我相信，我们很少会弄错，代替弱者承担痛苦也是其中的一个。"这部作品所拥有的魅力使它被称赞为近百年来最优美、最经典的诗作之一。

1896年《阿格拉凡和塞利赛特》发表之后，他于1902年发表了《莫纳 · 瓦娜》，《莫纳 · 瓦娜》曾经上演于瑞典并得到广泛好评。这部剧的背景是意大利的文艺复兴时期，文笔精练，与他的梦幻模糊的风格截然不同，剧中还经常发表很多对于责任这个观念不同的看法。本剧行文大胆，并且对于内心的探索十分丰富。可能是梅特林克更善于在细腻的象征剧里面将自己展示出来，虽然这部作品没有耀眼的光芒，但是却将人类内心深处预感的神奇现象拉开了幕布。

梅特林克是一位多才多艺的作家，对于较有哲理性的剧作也有所涉猎，虽然他的作品并不是纯粹的哲学。比如《卑微者的财富》，引起了他对神秘的鲁伊斯布鲁克[①]和精神世界的探索，并且用最高尚的诗酣畅淋漓地将他的理想主义表达了出来，旨在引领我们进入一个不可触摸的世界。这本书中多次提及无法看见的“真我”概念，对于实证主义的追随者来说是非常难以理解的，实际上，正像康德的知性学说所说的，这才是实证的本源。《埋没的寺院》所描述的正是隐藏的人格，这是人类可以看见的现实世界的基本所在。如果说梅特林克信奉宿命论，那我们就应该再去看看他的《明智与命运》这本书，这本书中散发着乐观精神，认为人的命运是由意志来决定的。这本书谈论到很多历史上的人物，梅特林克认为他们由盛转衰的原因全都在于他们因自己的失误造成失败后丧失信心，以至于最终没法扭转败局。

《蜜蜂的生活》于1900年问世，并且反响强烈。虽然梅特林克对于养蜜蜂很痴迷，对蜜蜂的习性也非常了解，但是他并不愿意写科普性的说明文。这本书并不是关于生物领域抽象的理论，而是一本蕴意丰富的诗集。作者想要表达的似乎是，如果你想要去探索蜜蜂的生活习性与分工合作是不是理性思考的结果，那么这种探索是没有意义的。因为使用“智能”或者“本能”这样的文字并不是关键，因为这些只能表现出我们知识的浅薄。对于蜜蜂而言，我们所说的本能也许就是这个世界的本源，即人的灵魂体现。

---

① 鲁伊斯布鲁克，中世纪佛兰德神学家、神秘主义者。

《花的智慧》是梅特林克的另一部作品。这本书大胆地将各类植物拟人化，赋予它们私欲和智慧，十分有意思。读者可以从中窥见梅特林克的想象力如诗一般丰富，而且他的表达方式是那么的深刻。

他的创造力源源不断，1903 年他完成了奇妙的幻想剧作《乔赛儿》。这部剧作通过艰苦的考验和凄凉、曲折的故事情节来展示忠贞爱情的胜利。《玛莱娜公主》表现的则是罪人怎样在后悔中让灵魂得到蜕变，以及她战胜一切诱惑后所获得的胜利。而这些诱惑正好开启了她本性中高尚的那一面，导致她舍己为人去挽救弥赛亚。她不惜放弃了弥赛亚为她创建的新的伦理世界。也可以这样说，对于弥赛亚的救赎她功不可没。最后我们要说的是《青鸟》，这是一部具有深远意义的神话，洋溢着儿时的乐趣，尽管该剧对天真无邪的世界描写得有些过度。哦，原来只在这脆弱的世界外面才有幸福的青鸟，不过真正心灵纯洁的人却不用白白浪费时间去寻找，这是因为他们的想象和感情会因为在梦境中游荡而变得纯洁和多彩。

现在，我们再一次来到了开始的地方——梦的故土。我认为对于梅特林克而言，我们这样说并没有错，因为不管是出自想象还是真的存在，梅特林克的著作中体现的时间和空间，都仿佛被一张模糊得像梦一样的网子笼罩着。而存在的意义往往暗藏在这张网之下，只要有一天把网揭开，就能显露出事物的本质。

一直以来我都想通过梅特林克的著作来谈谈他对人生的看法。他高贵且深邃的思想是不容置疑的。除此之外，它借助诗的原本形态展现出来，虽说有点奇怪甚至是有点荒诞，但是却常常让人深受启发。

梅特林克是那些非常喜爱诗的人中的一位。读者的兴趣虽然不会永远不变，可是《阿格拉凡和赛莉塞特》的神奇魅力永久地留在了人们的心中。现在，瑞典作为民谣和英雄神话的故土，将为这个诗人颁发此奖，是因为在他的作品中，我们体会到了那深藏于人类内心的融洽和谐的震撼。

致答辞

（梅特林克因身体原因，未能亲自前往领奖，由当时比利时驻瑞典的大使渥特斯代为领取。）

目 录

青　鸟

（六幕剧）

剧中人物

蒂蒂尔的母亲

蒂蒂尔的父亲

蒂蒂尔

米蒂尔

仙女贝丽吕娜

众时辰

面包

火

狗

猫

水

奶

糖

光

蒂蒂尔的奶奶

蒂蒂尔的爷爷

皮埃罗

罗贝尔

玛德莱娜

皮艾蕾特

波莉娜

丽盖特

夜

睡眠

死神

众幽灵

流感

众树木

群兽

众幸福

众快乐

众青衣小孩

众看守女人

九大行星国王

时间

女邻居贝兰戈等

服装

蒂蒂尔穿着夏尔·贝洛[1]童话故事中小拇指的衣服——淡蓝色的短款上衣，赤色的短裤，白色的袜子，深黄色的高筒皮靴。

米蒂尔穿着与甘泪卿[2]或小红帽相同的服装。

光穿着像光线一样闪耀着银辉的月白色罗纱长裙。瓦特·克兰设计的“盎格鲁希腊”式或称“新希腊”的款式，也可以是稍微带有德意志帝国风格的服饰。“轻冠”或“高冠”发式，裸露着双臂，将裙子的腰身高高束起。

仙女贝丽吕娜及女邻居贝兰戈穿古典童话中贫苦女子的衣服。

蒂蒂尔的父母以及爷爷奶奶穿格林童话中德国砍柴人和农夫的传统服饰。

蒂蒂尔的兄弟姐妹们穿与小拇指稍有不同的服装。

时间穿得像时光老人——黑色或蓝靛色的披风，手里拿着一把镰刀

①夏尔·贝洛，法国17世纪著名童话作家，代表作《灰姑娘》《小拇指》等。
②《浮士德》中的主人公，出身平民家庭，是欧洲古典文学里最动人的妇女形象。

和一个沙漏，又白又长的胡子在风中飘拂。

母爱穿着与“光”相近，脸被白得耀眼、几近透明且质地柔软的面纱所覆盖，面纱总的来说就像用来覆盖希腊神像的布料。身上的珍珠宝石琳琅满目，让人应接不暇，显得富丽华贵，整体让人觉得纯洁善良，给人视觉上的舒适感。

众快乐穿着颜色柔和变化万千的闪光长裙——颜色恰似美梦后刚刚醒来的玫瑰、水波荡漾的微笑、琥珀在阳光下的璀璨晶莹、黎明时的天空等。

众家庭幸福穿五颜六色的长袍，也有的是牧童、砍柴人以及农夫的服饰，让人感觉到像仙人的服装，尽量追求完美主义。

众胖子幸福在改变形象之前穿肥大笨重、红黄相间的棉大衣，戴着烦琐粗笨的配饰。改变形象后穿巧克力色或咖啡色束身衣，就像用动物肠衣做的人形玩偶。

夜穿宽松肥大的黑色衣服上，面点缀着无数神秘的繁星，闪耀着金褐色的光芒。脸上被很多层暗罂粟花颜色的面纱覆盖着。

女邻居的小姑娘穿一身雪白的长裙，柔软的金色长发在阳光下散发俏皮的光芒。

狗穿红色的上衣、白色的短裤，搭配漆皮长靴和耀眼的帽子，很容易让人联想到约翰牛[①]的穿衣打扮风格。(头要动物化。)

猫穿着长筒靴，黑色发光、闪缎质地的紧身衣，紫罗兰或天蓝色外套。(头要动物化。)

面包穿高贵华丽的巴沙式服饰——头发盘起用头巾裹住，身着赤色

---

①《约翰·布尔的历史》中的人物，一个矮胖愚笨的绅士形象。随着书籍畅销，“约翰牛”成为英国人的代名词。

镶着金线的丝绒长袍或宽大的丝绸长袍。走起路来肚子上的肥肉来回晃动，面色发红，气喘吁吁。

糖身着丝绸大衣，像太监穿的那种蓝白相间样式，很容易让人联想到大块方糖外面的糖纸，就连发型也像个太监。

火穿火红的紧身衣，大红色的外套大衣上镶着闪光的金线。头上戴着热烈燃烧的火焰状帽子，色彩纷杂。

水穿驴皮公主故事中的大衣，就是如浅蓝色或天蓝色一样明朗，像水波般轻盈的薄纱，即“盎格鲁希腊”或称“新希腊”式样，比光的长裙更飘逸宽松。头上戴着艳丽的花朵、芦苇或是水草。

群兽穿平民或农夫的衣服。

众树木穿色泽不一的绿色或树干色长外套。从枝叶就能一目了然地看出是什么属类。

场　景

第一幕

第一场　樵夫的小屋

第二幕

第一场　神仙的宫殿

第二场　思念之乡

第三幕

第一场　夜之宫

第二场　森林探险

第四幕

第一场　幕前

第二场　幸福花园

第五幕

第一场　幕前

第二场　墓地

第一幕

第一场　樵夫的小屋

景：一间樵夫的小屋，室内简陋且充满乡土气息，但绝不是那种凄惨得叫人不忍入目的凄苦。壁炉里的炭火在燃烧着。厨房的器皿虽然简陋却一应俱全。室内有衣柜、时钟、纺纱机、水龙头等。桌子上亮着一盏灯，衣柜角的两边趴着一只猫和一只狗，睡得正酣，它们身体蜷缩着把尾巴压在身下。他们中间有一大块蓝白相间的大方糖。一个圆形的鸟笼挂在墙上，里面有一只斑鸠。背景是两扇关着的百叶窗，其中一扇窗下有两个板凳。房间的门在左边，上面叉着一根门闩。房间的右边也有一扇门。房间内有一个扶梯通上阁楼。右边还有两张小床，床头旁有两把椅子，上面摆放着整理好的衣服。

〔**幕启**，蒂蒂尔和米蒂尔在小床上熟睡着。蒂蒂尔的妈妈走近他们，弯下腰来，仔细看了很久，蒂蒂尔的爸爸从半开的门中把头探进来。蒂蒂尔的妈妈把一只手指放在嘴唇上，向丈夫示意不要打扰孩子，然后将灯吹灭，踮起脚尖从右边轻轻走出去。

台上保持短暂的微暗，然后百叶窗的缝隙中有一片光进入，越来越亮。桌上已经熄灭的灯又重新亮了，床上的两个孩子睁开有些惺忪的睡眼，支起身子坐了起来。

蒂蒂尔 米蒂尔？

米蒂尔 蒂蒂尔？

蒂蒂尔 你睡着了吗？

米蒂尔 那你睡着了吗？

蒂蒂尔 当然没睡着，我不是在和你说话吗？……

米蒂尔 今天是圣诞节吧？

蒂蒂尔 明天才是呢。可是今年圣诞老人不会送给我们礼物了……

米蒂尔 为什么这么说？……

蒂蒂尔 妈妈告诉我，她没办法去城里通知圣诞老人过来……不过他明年会来的……

米蒂尔 明年啊，那还得等好久吧？

蒂蒂尔 还要很久呢……不过今天晚上他会去有钱人孩子的家里……

米蒂尔 真的？……

蒂蒂尔 看！妈妈忘记把灯熄灭了！……我有个好办法。

米蒂尔 什么好办法？

蒂蒂尔 我们现在就起床……

米蒂尔 这怎么可以……

蒂蒂尔 现在又没有人……不信你看看百叶窗里……

米蒂尔 啊！好亮啊！……

蒂蒂尔 那是节日的灯光。

米蒂尔　什么节日呀？

蒂蒂尔　对面那些有钱人家的孩子在过圣诞节。那灯光是圣诞树上的，我们快把百叶窗打开吧……

米蒂尔　我们可以打开吗？

蒂蒂尔　当然能了，反正就我们两个在屋里……你听见音乐的声音了吗？……我们快起床吧……

（两个孩子从床上爬起，朝其中一扇窗跑去，爬到凳子上，推开了百叶窗。一束强烈的光射进屋内，两个孩子充满渴望地往外看着。）

蒂蒂尔　全看到了！……

米蒂尔　（站在凳子的一个小角）我看不到……

蒂蒂尔　外面下雪了！……看，有两辆马车，哇！前面是六匹马呢！……

米蒂尔　有十二个小男孩从车里出来！……

蒂蒂尔　你笨啊！……那是小女孩……

米蒂尔　他们穿的都是长裤……

蒂蒂尔　你还真行……你别推我啊！……

米蒂尔　我都没碰你！

蒂蒂尔　（向米蒂尔的方向挪了一下，把板凳全占了）你把板凳都占了……

米蒂尔　我一点位置也没有了！……

蒂蒂尔　别说话，我看到树了！……

米蒂尔　看到什么树啊？

蒂蒂尔　当然是圣诞树！……你就知道看墙壁！……

米蒂尔　我又没有地方站，只能看见墙壁……

蒂蒂尔　（向旁边挪出一小块地方）行了，这下你的地方够了吧？……这位置不错吧？……你看看亮吧！亮吧！……

米蒂尔　他们为什么那么吵？……

蒂蒂尔　他们在演奏音乐呢。

米蒂尔　他们在发脾气吧？……

蒂蒂尔　没有，不过真够烦人的。

米蒂尔　又来了一辆有几匹白马拉着的车！……

蒂蒂尔　别说话！……看着就行了！……

米蒂尔　在树枝上挂着的闪闪发光的是什么？……

蒂蒂尔　那不是玩具是什么！……有刀，有枪，有大炮，有士兵……

米蒂尔　玩具娃娃呢？快告诉我有没有玩具娃娃？……

蒂蒂尔　玩具娃娃？……傻里傻气的，那没什么好玩的……

米蒂尔　那满满一桌子都是什么东西？……

蒂蒂尔　有点心、水果、果酱奶油饼……

米蒂尔　小时候我吃过一次……

蒂蒂尔　我也吃过，比面包好吃很多，就是太少了……

米蒂尔　他们的可不少……桌子上全是……他们是要吃吗？……

蒂蒂尔　肯定是，不吃摆在那里干吗？……

米蒂尔　那他们为什么不现在就吃呢？……

蒂蒂尔　因为他们还不饿……

米蒂尔　（好奇）他们不饿？……为什么不觉得饿呢？……

蒂蒂尔　他们想吃就能吃……

米蒂尔　（半信半疑）每天都可以这样？……

蒂蒂尔　听说就是这样……

米蒂尔　他们会全部吃完吗？……会不会留给别人一点？……

蒂蒂尔　给谁？……

米蒂尔　给我们……

蒂蒂尔　他们不认识我们……

米蒂尔　如果我们向他们要呢？……

蒂蒂尔　不可以这么做。

米蒂尔　为什么不能？……

蒂蒂尔　因为不让。

米蒂尔　（拍手）哇！他们真好看！……

蒂蒂尔　（喜悦的）他们笑了，他们笑了！……

米蒂尔　那些小孩子在跳舞！……

蒂蒂尔　是啊，我们也来跳舞吧！……

（他们在凳子上欢快地跺着脚）

米蒂尔　哇！真好玩啊！……

蒂蒂尔　让他们吃点心了！……他们拿得到！……他们吃了！他们吃了！他们吃了！……

米蒂尔　小小孩也想吃了！……看，有的拿了两个，也有拿三个、四个的！……

蒂蒂尔　（兴奋不已）哇！多好啊！……多好啊！多好啊！……

米蒂尔　（数着自己想象出来的点心）我分到了十二个！……

蒂蒂尔　我呢，我分到了十二个的四倍！……不过我会分给你一点……

（有人敲门）

蒂蒂尔 （忽然住口，紧张害怕起来）怎么了？……

米蒂尔 （惶恐地）是爸爸！……

（在他们犹豫着不敢开门的时候，之前横在门上的门闩自动举起，门稍微开了一点，一位身着绿衣、戴着红帽的老太婆走了进来。她是个驼背、瘸腿、独眼的女人；她的鼻子和下颚挨得很紧，手拄着拐杖，往前走着。毋庸置疑，她是一个仙女。）

仙女 你们这里有会唱歌的青草和青鸟吗？……

蒂蒂尔 青草倒是有，但是并不会唱歌……

米蒂尔 蒂蒂尔你不是有只鸟吗？

蒂蒂尔 但那是我的，我不愿意给别人。

仙女 为什么不愿意送给别人呢？……

蒂蒂尔 因为那是我的鸟。

仙女 你可以这么解释。但是你得告诉我那只鸟在哪儿？……

蒂蒂尔 （指着鸟笼）就在笼子里……

仙女 （掏出眼镜戴上）这鸟颜色不够青，不是我要找的。我要的那种，你们一定要给我找来。

蒂蒂尔 但我怎么知道那鸟在哪里呢？……

仙女 我也不知道在哪儿，所以得找到。我可以不要会唱歌的青草，但必须要青鸟。这是为了我那个病重的小姑娘。

蒂蒂尔 她得的是什么病？……

仙女 也说不好到底是什么病，她想要得到幸福……

蒂蒂尔 真的？

仙女 小家伙，你可知道我是谁？……

蒂蒂尔 您看上去和贝兰戈太太有些像，她是我们的邻居……

仙女　（突然脸色变得很难看）我们哪里像了？一点都不像……真让人不爱听！……听好了，我是贝丽吕娜，是仙女！

蒂蒂尔　哇！真棒……

仙女　你们两个现在就出去找青鸟吧。

蒂蒂尔　您不和我们一起出发吗？……

仙女　我可去不了，今天早上我炖了一锅牛肉，如果我离开一小时以上，汤肯定会溢出来的……（她分别指了指天花板、壁炉和窗户）你们从哪里出去？这儿？那儿？还是那边？……

蒂蒂尔　（低着头怯怯地指了指门）我还是从这里出去吧……

仙女　（面色再次变得不善）不可能！这真是让人讨厌的习惯！……（指着窗户）就这么定了，我们从这儿出去！……你们还磨蹭什么？……快把衣服穿好……（在她的目光注视下，两个孩子迅速地穿着衣服）我来给米蒂尔穿……

蒂蒂尔　我们没鞋穿……

仙女　没关系。我过会给你们一顶神奇的小帽子。你们的爸爸妈妈在哪儿？……

蒂蒂尔　（指一指靠右边的门）在屋里睡觉……

仙女　那爷爷奶奶呢？……

蒂蒂尔　他们过世了……

仙女　你们的兄弟姐妹呢？……你们有兄弟姐妹吗？……

蒂蒂尔　我们有三个小弟弟……

米蒂尔　还有四个小妹妹……

仙女　他们在哪儿呢？……

蒂蒂尔　他们也死了……

仙女　你们想不想再见到他们？

蒂蒂尔　当然！……想马上就见到他们！……您能让我现在就见到他们吗？……

仙女　我没把口袋带在身上……不过他们可以从天而降，当你们进入“思念之乡”时，就会和他们相遇……噢，对了，他们就在你们找青鸟的路上。过了第三个路口，然后左转就到了……我刚刚敲门的时候，你们两个在干吗？……

米蒂尔　我们正在玩吃点心的游戏。

仙女　你们的点心在哪儿呢？……你们有点心？……

蒂蒂尔　在对面有钱人小孩的家里……来啊，您快来看，多棒啊！……

（他拉着仙女走到窗边）

仙女　（站在窗边）可是，吃点心的是那些孩子呀！……

蒂蒂尔　是啊，可是我们可以看到他们在吃……

仙女　这样看着，你不觉得生气吗？……

蒂蒂尔　为什么要生气呢？……

仙女　因为他们把东西全吃了。我觉得他们应该分给你们一点……

蒂蒂尔　没什么，他们是有钱人家的小孩嘛……是吧？……他们家是不是很漂亮？……

仙女　没有你家漂亮。

蒂蒂尔　你骗人！……我们家这么小，屋子里这么黑，也没有点心吃……

仙女　你没看清楚吧！这两边是一样的呀……

蒂蒂尔　不是，我眼睛很好，看得很清楚！和爸爸一起去教堂的时候，爸爸看不见钟，我可是看得清的……

仙女 （忽然生气）你就是没有看清楚！……你说你能看清我吗？……我长得什么样？……

（蒂蒂尔的脸上有些许不自然，不敢出声）小家伙，你怎么不说话啦！我倒是要看看你是不是真的看清楚了……我长得好看还是难看？……（蒂蒂尔的脸色更加尴尬，空气中寂静得没有一丝声音）你不想说吗？……我看上去是老还是年轻？……我的脸色是红润还是蜡黄呢？……或者我是不是驼背呢？……

蒂蒂尔 （安慰）没，没有，驼得不是很明显……

仙女 不，你的神情会让人觉得我驼背得很……我的鼻子是鹰钩鼻吗？……还有我的左眼是瞎的吗？……

蒂蒂尔 没，没，我不是这个意思……是谁把你的左眼弄瞎的？……

仙女 （更加生气）左眼没有瞎！……你这个可恶的小子真是鲁莽！……我的左眼比右眼还要好；它显得更大更有神，拥有天空般湛蓝色的光彩……你看到我的头发没有？……像田地里成熟的麦子一样金黄……像闪亮的黄金！……因为头上的金子太多，压得我抬头很费力……我的金头发这么多……你看我的手上不就是吗？……

（她伸开手，露出两小缕枯槁的灰头发。）

蒂蒂尔 哦，是的，我看到了几根……

仙女 （气愤）几根？……是成把的！成捆的！满箩筐的！……像海的波浪一般的黄金！……我知道有的人因嫉妒而假装看不见，但是，你也不至于故意装做瞎子吧？……

蒂蒂尔 不是这样的，只要是没有被藏起来的东西，我都能看见的……

仙女 就算被藏起来的东西，你也该努力去想象你能看见！……人真是奇怪得很……如果没有仙女，人都成了瞎子什么也看不见，而且还毫无察觉……还好，我总是随身带着一些东西照亮这些盲眼……看我的兜里有什么？……

蒂蒂尔 哇！好漂亮的小绿帽啊！……帽子上闪闪发光的是什么？……

仙女 是一颗大钻石，它能让人变得心明眼亮……

蒂蒂尔 真的吗？……

仙女 当然！只要把这帽子戴在头上，从右到左拨弄一下钻石，就像这样……你看见了吗？……转动钻石的时候它会在别人看不见的按钮上按一下，然后人就变得心明眼亮了……

蒂蒂尔 会不会有什么不好的反应？……

仙女 当然不会，钻石是神圣的东西……你会立刻洞悉事物的内在，比如说酒、面包、胡椒等东西的灵魂……

米蒂尔 那糖呢？……

仙女 （又一次生气）这也用问！……我讨厌别人问这种没意义的问题……糖的灵魂没有胡椒的灵魂有趣……好了，我把这东西给你们了，它能帮你们找到青鸟……其实魔戒和飞毯会更有用一些……可都被我锁在柜子里了，钥匙被我弄丢了……对了！我还有事要告诉你们……（指着钻石）看好了，这样拿着它，然后轻轻转动，你就能看到过去的事情……再动一下，就可以知道未来的事……很神奇吧，而且又不会有声音……

蒂蒂尔 爸爸看见会没收的……

仙女　放心好了，你把它戴在头上，任何人都看不见……要不要试一下？……（她把小帽子戴在蒂蒂尔头上）现在你可以轻轻转动一下钻石……动一下就可以……

（蒂蒂尔轻轻地转动钻石，所有东西都在瞬间有了变化。老仙女一下子变成了一个倾国倾城的公主；墙壁上粗糙的石块闪烁着蓝宝石般的光芒，一眨眼又变得晶莹剔透，宛若稀世的宝石般耀眼。简陋的家具也显得很有生命力，熠熠生辉；白色的木桌变得像大理石桌，高贵典雅，放在地上的老钟露出慈祥的笑脸，钟面上的玻璃像在对他眨眼。钟摆下的一扇门打开，众时辰手牵手从里面走了出来，她们在动人的音乐中翩然起舞，笑声久久回荡。）

蒂蒂尔　（惊讶地指着众时辰）那些夫人是谁？她们好漂亮……

仙女　别怕，她们都是你这一生的时辰，她们想要自由自在地出来露露脸……

蒂蒂尔　连墙壁也变得这么亮了？……是糖做的吗？或者是宝石？……

仙女　只要是石头都会发光的，所有的石头都是宝石，可是人们眼中只向往那几种……

（他们说话的时候，四周的景象继续变换着，更加魔幻。重达四磅的面包，穿着烤熟的面包皮颜色的紧身衣服，身上被面粉覆盖着，极像好好先生！他匆忙地从烤箱里跑出来，在桌子旁欢快地转圈；火穿着红色加黄色的紧身衣，从炉灶里蹦了出来，他追在面包身后跑着，一边笑一边燃得更旺。）

蒂蒂尔　他们都是干什么的？这些家伙怎么这么讨厌……

仙女　别惊讶，他是面包的灵魂，在面包机里快被挤变形了，想趁机出来放松放松……

蒂蒂尔 那个穿红衣服的大汉呢？他身上难闻死了……

仙女 嘘！……小声点儿，那是火……还是不要惹他，他脾气可不好。

（魔法的力量依旧没有减弱，在衣柜下睡意正浓的狗和猫同时大叫起来，随后快速地消失了。而原地却出现了两个人，一个戴着恶狗的面具，另一个戴着猫的面具。接下来就把戴狗面具的男人叫狗，而把戴着猫面具的女人称为猫。狗飞快地奔向蒂蒂尔，用力地抱住他，激烈地拥吻着蒂蒂尔，声音很大。猫洗洗双手，整理好头发和胡子，然后轻轻走向蒂蒂尔。）

狗 （边叫边跳，把周围的东西撞得很乱，让人心烦）我的小祖宗！……早安！早安啊！我亲爱的小祖宗！……我终于可以说话了！我有好多话一直想对你说！……以前无论我怎么用力叫，怎么拼命摇尾巴都没有效果！……你不明白我要说什么！……但是今天我终于可以了！……早安！早安！……我爱你！……我爱你！……你想让我表演些小把戏吗？……你想让我站起来吗？……你喜欢看我用前脚走路还是希望我跳钢丝舞？……

蒂蒂尔 （看向仙女）这个带着狗头面具的先生是谁呀？……

仙女 你看不出来吗？……这是蒂洛的灵魂呀，他已经被你释放出来了……

猫 （慢慢走向米蒂尔，礼貌且恭敬地向她伸出手）早安，可爱的小姐……您今天早上真是美极了！……

米蒂尔 早安，夫人……（看向仙女）她是？……

仙女 这多明显啊，她就是蒂莱特的灵魂啊……和她拥抱亲吻一下吧……

狗 （用力把猫挤走）也和我拥抱亲吻吧！……我拥抱过小祖宗了！……我要吻小姐！……我要和你们拥抱亲吻！太好了！……这么有趣的事想想就开心！……我要去吓吓蒂莱特！……汪！汪！汪！……

猫 不好意思，先生，我不认识您……

仙女 （拿着拐杖指着狗）你说你，能不能老实待着，否则就让你一辈子不会说话！……

（仙术的魔力依然在屋内蔓延，角落里的纺车转动着，快速闪过的光亮让人不禁微微眯起了眼；水龙头在屋子的另一个角落唱着歌，嗓音高亢尖锐，片刻时间就形成了一道晶莹的喷泉，将整个水槽填满，然后变成无数珍珠和翡翠。水的灵魂从里面走了出来，她的打扮像一个婀娜的少女，她泪眼汪汪，哭花了原本精致的妆容，长长的头发披散着，浑身都湿透了。她一出来，就和火打了起来。）

米蒂尔 那个浑身湿透的女孩是谁呀？……

仙女 别紧张，那是水龙头里的水呀！……

（桌子上的奶瓶掉了下来，重重地摔碎在地上；流淌着的牛奶中出现一个亭亭玉立、略带羞涩的女子，她的脸上略带惶恐。）

蒂蒂尔 那个穿着睡衣，看上去胆子很小的女孩是谁？……

仙女 那是刚刚把奶瓶打破的牛奶……

（食橱下的大方糖越变越大，撑破了包糖纸，从里面露出一张虚伪可憎、假惺惺的脸，那人穿着一件蓝白相间的长袍，带着伪善的笑容慢慢走向米蒂尔。）

米蒂尔 （胆怯）他要干什么？……

仙女 他是糖的灵魂……

米蒂尔 （舒了一口气）那他有麦芽糖吗？……

仙女 他衣袋里全是糖，他的十根手指都是棒棒糖呢……

（桌上的灯突然倒了，窜起很高的火焰，从里面走出一个美得惊艳的女子。她的脸上被一个透明耀眼的长面纱覆盖着，若有所思地站在那里。）

蒂蒂尔 哇，是女王！

米蒂尔 圣母，是圣母玛利亚！

仙女 不，小家伙们，那是光……

（这时，架子上的锅像陀螺一样转了起来，衣柜的门也打开了，从里面涌出了很多好看的布匹，有月白色的，还有大红的。各种颜色的破布从阁楼的扶梯上滚了下来，和那些布匹融为一体。突然，三声巨响从右边的房门处传来。）

蒂蒂尔 （不知所措）糟糕，是爸爸！……他听到声音了！……

仙女 快，从左向右转一下钻石！……（蒂蒂尔急忙转动钻石）别急！……天啊！完了！……你转得太快了。他们来不及回到原位，我们麻烦了……

（仙女重回老太婆的模样，墙壁失去了光彩，众时辰无奈地回到钟里，纺车不再转动。匆忙中，火跑得慌乱，满屋子寻找着壁炉。四磅的面包怎么也挤不进去烤箱，开始大声哭泣。）

仙女 哭什么？……

面包 （眼中溢满泪）烤箱里没有我的位置了！……

仙女 （弯下腰向箱子里看去）还有位置……（把别的面包向旁边推了推）快，挤一下吧……

（敲门声再度响起。）

面包 （过度紧张，手脚愈发不受控制）完了，挤不进去！……他一定会先把我吃掉！……

狗 （在蒂蒂尔身边又蹦又跳）我的小祖宗！……我还在这里！……我还可以讲话！……还能拥吻你！……再拥吻一下，再拥吻一下，再拥吻一下！……

仙女 什么？你还在这里？……

狗 我是幸运的……门关得太快了，我没时间变回去……

猫 我的门也关得很快……会有什么事发生吗？……很危险吗？

仙女 我的天啊，我应该和你们说实话的。只要陪着这两个孩子环游的，到最后都会死掉……

猫 要是在最后的时候不和他们一起呢？……

仙女 那样也只能再多活一小会儿……

猫 （看着狗）我们还是恢复原状吧……

狗 我才不要呢！……我不要！……我要和小祖宗们在一起！……我要在他们身边陪他们说话！……

猫 你真傻！……

（敲门声又一次响起。）

面包 （悲伤地大哭）我不要在环游的最后死去！……我要回我的烤箱！……

火 （发出恐慌的叫声，满屋子跑）糟糕，壁炉在哪儿呢！……

水 （努力往水龙头里爬却爬不进去）我爬不进去了！……

糖 （围着包装纸转，急得满头大汗）完了，包装纸都被我撕破了！……

奶 （低声而无所谓的）我把奶瓶打碎了！……

仙女 我的天啊，他们怎么这么笨！……又笨又没胆量！……难道你们就甘心一辈子在箱子里喘不上气，在水管里蜷缩着身体吗？难道你们不想和这两个可爱的小家伙去找青鸟吗？……

众 （不包括狗和光）对！对！现在就回去！……我的水龙头！……我的烤箱！……我的壁炉！……我可爱的猫窝！……

仙女 （看向光，此时光正对着被打碎的灯出神）那你呢？光，你打算去哪里？……

光 我要和这两个小家伙一起！

狗 （欢快地叫着）我也要和小祖宗们一起！我也要和他们一起！……

仙女 这样就对了！况且现在不这样也没别的办法，你们别无选择了，只能和我们一起走了！……但是你，火，你不要离别人太近；狗呢，你不要总是和猫闹；对了，还有水，你要管住自己，别流得到处都是……

（右边的门上响起了更加大的敲门声。）

蒂蒂尔 （静静地听着）爸爸又在敲门！……他这回是真的起床了，我听到他的脚步声了……

仙女 我们从窗户走吧……你们都去我家，我会找些衣服给你们穿上的……（对面包）你，面包，你拿着笼子好用来关青鸟……以后你就负责看管笼子吧……快，都别磨蹭了，抓紧时间。

（窗子忽然变长，像一扇门一样。所有人从里面走出后，窗子又恢复了原状，毫无迹象地关上了。房间再一次变黑，两张小床被笼罩在阴影中。右边的门半开着，蒂蒂尔的爸爸把头伸了出来。）

蒂蒂尔爸爸 什么都没有啊……也许是蟋蟀在叫……

蒂蒂尔妈妈 你见到孩子们了吗？

蒂蒂尔爸爸　当然……他们睡得很香……

蒂蒂尔妈妈　我听到他们的打鼾声了……

（门被关上。）

〔幕落〕

第二幕

第一场　神仙的宫殿

景：贝丽吕娜仙女的宫殿，前厅富丽堂皇。大理石柱的柱头上镶嵌着金和银，楼梯、回廊、栏杆等一应俱全。

〔**幕启，**猫、糖、火从幕的后面上场，都穿着华丽的衣服。他们刚从一个灯火通明的屋子出来，那是仙女的更衣室。猫穿了一件光亮的黑绸质地的衣服，紧紧的，并且在外面披了一块薄纱；糖穿了一件蓝白相间的绸质长外套；火身上披着绣金线的长大衣，头上戴着五彩缤纷的羽毛。猫带着糖和火，走过前厅，来到舞台右面的回廊下。

猫　从这边走吧。我知道整个宫殿的每一个角落……这宫殿原本是“蓝胡子”的，仙女是从他手中继承过来的……两个小家伙和光现在正去看仙女的小女儿，我们要趁机好好利用一下现在的时间，这是我们仅有的自由时光了……我叫你们过来，是想讨论一下我们的窘境……人都来齐了吧？……

糖 我看见狗了，他正从仙女的更衣室里往外走……

火 他那是什么打扮？这么奇怪……

猫 他穿的是灰姑娘车夫的衣服……话说回来，这种衣服倒是很符合他的气质……他有一种奴性……走，我们去栏杆后面……话说回来，我可信不过他……我刚才和你们说的，可不要告诉他……

糖 已经晚了……他正在看我们呢……看，水也换好衣服出来了……上帝！她可真美啊！……

（狗和水走了过来）

狗 （蹦蹦跳跳）看呀！看呀！……我们多好看！看看这衣服上的花边和刺绣，可都是用的金线，绝对是纯金的！……

猫 （看着水）这大衣是用驴皮做的“时光之色”……我好像在哪里见过……

水 没错，这款最适合我……

火 （小声念叨着）她忘记带伞了……

水 你念叨什么呢？……

火 没，没什么……

水 我猜你是在说我前几天看见的大红鼻子吧？……

猫 都别吵，还有正事要做呢……现在就差面包没来了，他去哪儿了？

狗 他挑衣服挑花了眼……

火 长成那样子，天天挺着大肚子，看起来笨头笨脑的，有什么好挑的……

狗 他最后挑了一件土耳其长袍，上面缀满了宝石，头上缠了块头巾，还带了一把土耳其弯刀呢……

猫 看啊！他出来了！……他选的是蓝胡子最好看的大衣……

（面包用一只手拎着用来装青鸟的笼子，他的腰带上佩戴着一把弯刀，另一只手握着刀柄，穿着绸质长袍，把大大的肚子绷得紧紧的。）

面包 （大大咧咧，一脸得意地走来）嘿……大家看我这套衣服好看吗？……

狗 （围着面包转圈）多好看啊！样子傻傻的！真好看！真好看！……

猫 （看着面包）那两个孩子穿好衣服了吗？……

面包 穿好了！蒂蒂尔穿的是小拇指那套衣服，蓝外套、红短裤和白袜子；米蒂尔小姐穿的是小红帽的连衣裙和灰姑娘的鞋子……相反，光可就要费些时间了！……

猫 怎么回事？……

面包 仙女觉得她太美了，不愿意给她打扮！……我就用要尊重我们人格尊严为由，提出了抗议，这是最基本的体面问题；最后我把话说得很明白，如果她不给光打扮的话，我就拒绝和她同进出……

火 仙女至少也应该给她穿一件灯罩啊！……

猫 仙女是怎么说的？……

面包 她用棍子打了我的头和肚子好几下……

猫 然后呢？……

面包 我就不敢说话了，但是后来，光选中了压在驴皮箱底的月白色连衣裙……

猫 好了，没时间瞎扯了，时间不多了……还是想想我们的以后吧……你们刚才也都听见了，仙女说环游结束的时候我们都会死掉……所以我们要想尽各种办法来让这次环游时间变长……

还有，我们必须考虑到我们和孩子的命运……

面包 对！对！……猫说得很有道理！……

猫 大家继续听我说……现在我们每个人都有自己的灵魂，不管你是动物还是其他东西，而这是人类所不知道的。所以我们要独立自主；但是人类一旦找到了青鸟，就会明白这些，那我们就只能受人摆布了……这是“夜”告诉我的，她是我的好朋友，也是生命奥秘的守护者……所以，事关我们自身的利益，我们要不惜一切代价阻止人类找到青鸟，即使是伤害到那两个孩子……

狗 （愤怒）你这家伙在说什么呢？……你再说一遍试试！

面包 别说话！哪里轮到你插嘴的！……我才是主持大局的人……

火 谁让你当老大了？……

水 （对火）你闭嘴！……插什么嘴啊！……

火 我想怎样就怎样，用不到你来管我！……

糖 （劝说）大家别吵了，容我说句话……事关重大，时间紧迫……我们应该保持一致，一起想办法……

面包 我支持糖和猫……

狗 真笨！……人才是上帝！……我们要完全服从他们的吩咐！……这才是真理……我只服从人！……人类万岁！……无论怎样，我会为人类生，为人类死！……人类就是上帝！……

面包 我也同意狗的看法。

猫 （对狗）你说一下，这么说的原因是什么？……

狗 没有什么原因！……我爱人类，这就足够了！……如果你做了对人类不利的事情，我就先杀了你，然后再把事情的真相告诉人……

糖 （温柔地）不要吵……大家不要针锋相对……站在各自的立场来看，你们说的都有道理……我们看待问题总要权衡利弊的……

面包 我支持糖！……

猫 所以，水、火、面包、甚至包括狗在内，敢说自己不是人类暴行的受害者吗？……你们仔细想想，在人类来临之前，我们的世界多么无拘无束……水和火主宰着这个世界，再看看你们现在变成了什么样子！……至于我们这些瘦弱的野兽后代……小心！……快装作若无其事的样子……仙女和光走过来了……光可是我们最强劲的敌人，她是站在人类那边的……他们过来了……

（仙女和光从舞台右边上场，后面跟着蒂蒂尔和米蒂尔。）

仙女 怎么回事？……你们都躲在这里干什么？……看起来像在策划什么阴谋一样……出发的时间到了……我刚刚任命光为你们的首领……我把魔棒交给她，你们要像服从我一样服从她……这两个小家伙今天夜里要去见他们过世的爷爷奶奶……傍晚他们要在死去的爷爷家度过……为了安全，你们就不用和他们一起去了，你们在这段时间里好好准备明天的行李，明天要走很远呢……好了，大家各就各位吧！……

猫 （伪善地）仙女，这和刚才我对他们说的话是一样的……我让他们要明白自己的责任；可是这狗真可恶，总是打岔……

狗 你说什么？……看我不给你点颜色看看！……

（狗正打算向猫扑去，但蒂蒂尔早有防备，用手势吓唬他，制止了他的动作。）

蒂蒂尔 蒂洛，别动！……你小心点，要是再敢这样！……

狗 我的小祖宗，你误会了，是她……

蒂蒂尔 （恐吓）闭嘴！……

仙女 好了，别说了……今晚面包就把鸟笼给蒂蒂尔吧……青鸟可能在他爷爷家，躲在“过去”……不管怎么说，这是一个机会，不能错过……面包，笼子呢？……

面包 （正式）仙女太太，请稍等……（摆出演讲者的架势）在场的各位都是我的证人，这是您让我保管的银鸟笼……

仙女 （打断）闭嘴！……别啰唆了……我们往那边走，小家伙你们从这边走……

蒂蒂尔 （非常害怕）就只有我们两个？……

米蒂尔 我快饿死了！……

蒂蒂尔 我也是！……

仙女 （看向面包）脱下你的土耳其大衣，从你鼓鼓的肚子上切下一片给这两个可怜的小家伙……

（面包敞开大衣的前襟，从腰间抽出弯刀，从肚子上切下两片面包给孩子。）

糖 （走到孩子面前）请让我给你们点棒棒糖吃……

（他把左手的五根手指依次折断，递给孩子们。）

米蒂尔 他这是干什么？……他竟然折断了自己的手指……

糖 （讨好）尝一下吧，味道不错……这可是上好的糖……

米蒂尔 （拿起一根放入嘴中）哇！太好吃了……你有不少吧？……

糖 （谦虚地）是啊，你能吃多少我就有多少……

米蒂尔 可是你这样折断自己的手指，不会感到痛吗？……

糖 当然不会……不仅如此，还会有很多意想不到的好处呢。你看我的手指很快就长出来了，这样一来，我总有干净的新手指了……

仙女 好了，小家伙们，不要吃太多的糖。记住，你们一会儿就要去爷爷家吃晚饭了……

蒂蒂尔 爷爷和奶奶就在这儿？……

仙女 你们很快就可以看见他们……

蒂蒂尔 他们早过世了，我们要怎么做才可以见到他们呢？……

仙女 既然你们从来没有忘记过，他们怎么会死呢？他们活在你们的记忆中……人们太过浅薄，所以不知道这个秘密；可是你却不一样，你得庆幸自己拥有那块钻石，它能让你看见记忆中那些死去的人，他们依然快乐地活着……

蒂蒂尔 光和我们一起走吗？……

光 我不打扰你们了，你们一家团聚更好些……没有邀请我不能贸然前去，我在附近等你们……

蒂蒂尔 我们该往哪个方向走？……

仙女 往那边走……你们会看到“思念之乡”的大门。然后你转动一下钻石，会出现一棵大树，树上有一块牌子，上面的图案会为你指明方向……可是你一定要在八点四十五分的时候回来……这一点很重要……一定要记得时间，要是你们回来晚了，事情就麻烦了……等会儿见……（叫着猫、狗、光等）我们从这边走……你们从那边走……

(仙女、光以及动物等从舞台右边退场，两个孩子从左边退场。)

〔幕落〕

第二场　思念之乡

景：舞台弥漫着浓浓的雾气，舞台右面有一棵古老高大的橡树，凑近了可以看清树上挂了一块木牌。整个舞台都被乳白色的雾气笼罩着，朦胧中可以看到一丝光亮。

〔**幕启，**蒂蒂尔和米蒂尔站在老橡树下。

蒂蒂尔　找到树了！……

米蒂尔　看到木牌了！……

蒂蒂尔　等一下……我看不清楚，我爬到树上看一看……没错……木牌上写着“思念之乡”。

米蒂尔　这里就是思念之乡的起点吗？……

蒂蒂尔　是啊，你看这里有箭头指示的……

米蒂尔　那快看看爷爷奶奶在什么地方？……

蒂蒂尔　穿过这片浓雾……我们就能找到他们了……

米蒂尔　可是我什么都看不清楚！……我甚至看不见自己的手脚……（伤心地哭）我好冷！……我想回家……我不想再往前面走了……

蒂蒂尔　别哭了，你以为你是水吗，说哭就哭！……你不觉得很没面子吗？……都这么大的人了！……你看，雾已经变淡了……我们很快就可以把雾里的一切看得清清楚楚……

（雾快速地飘散着，直至全部消失，视野渐渐变得清晰。只是片刻时间，农舍在越来越亮的光亮中显现出来，它建在茂密的丛林中，植物的藤蔓在屋外蔓延着，一切看起来是那么美好。小屋的屋檐下有许多蜂窝，门和窗户都开着，窗台上摆着几盆花和一个鸟笼，鸟笼里有一只鸟正在睡觉。坐在门旁边的长凳上酣睡的老农和农妇，正是他们的爷爷奶奶。）

蒂蒂尔 （突然回过神来）是爷爷和奶奶呀！……

米蒂尔 （鼓掌）真的！真的！……爷爷奶奶！……是爷爷奶奶！……

蒂蒂尔 （有些不确定）等一下！……他们怎么不动呢？……我们去树后面躲起来，然后……

（蒂蒂尔的奶奶醒了，睁开眼睛，抬头伸着懒腰，舒了一口气，歪过头来看了看也醒过来的蒂蒂尔的爷爷。）

蒂蒂尔的奶奶 我有预感，我们的孙子、孙女要来看我们了，虽然他们是活着的……

蒂蒂尔的爷爷 那肯定是他们在想你呢，最近我的腿觉得麻，心里也总觉得不安……

蒂蒂尔的奶奶 我觉得他们已经离我们很近了，你看，我的眼睛里是不是有很多快乐的眼泪在滚动……

蒂蒂尔的爷爷 不是，当然不是！他们离我们很远……我现在还是很不舒服……

蒂蒂尔和米蒂尔 （从树后面跑出来）爷爷奶奶！我们真的在这里……我们就在这儿……是我们……是我们……

蒂蒂尔的奶奶 真是他们！……看清楚了吧？……我早就说吧……他们今天肯定要来……

蒂蒂尔的奶奶 蒂蒂尔！……米蒂尔！……真的是你们呀！……（想跑过去欢迎孩子却不得不放弃）糟糕，我不能跑了……我的风湿病一直没好呢！……

蒂蒂尔的爷爷 （跛着向他们跑去）都是因为这假腿，我也跑不动……

记得那年我从树上摔下来时把腿摔断了，之后就安了这条木腿……

（爷孙四人热情兴奋地拥抱着。）

蒂蒂尔的奶奶 亲爱的蒂蒂尔，你越长越高，越来越强壮了！……

蒂蒂尔的爷爷 （揉了揉米蒂尔的头发）快看看我们的米蒂尔……多漂亮的头发和眼睛！……看看这小模样，真是让人喜欢呀！……

蒂蒂尔的奶奶 再吻奶奶一下！……来，坐奶奶腿上来！……

蒂蒂尔的爷爷 我呢？都不来我这里吗？……

蒂蒂尔的奶奶 不！不！……先到我这里来！……告诉奶奶你们的爸爸妈妈怎么样？……

蒂蒂尔 奶奶，他们很好……我们是在他们睡着的时候出来的……

蒂蒂尔的奶奶 （慈爱地看着两个孩子）我的天啊！他们长得真好看，多干净啊！……是你们的妈妈给你们洗的澡吧？……你的袜子上面也没有洞！……看见你们真让我高兴！……这么久你们都把我们忘了……我和你爷爷真是寂寞啊……

蒂蒂尔 奶奶，不是把您忘了，是我们来不了这里啊……今天能来多亏仙女的帮忙……

蒂蒂尔的奶奶 我和你爷爷一直在这里等你们来看我们……可是你们来的次数太少了！……还记得你们上次是什么时候来的吗？……是圣徒节[①]，你们来的时候教堂的钟声刚好响了……

蒂蒂尔 圣徒节？……可是奶奶，那天我们都得了重感冒，所以都没有出门啊……

蒂蒂尔的奶奶 可能那天你们两个在想念我们……

---

①圣徒节是十一月一日。

蒂蒂尔　没错……

蒂蒂尔的奶奶　每当你们想念我们的时候我们就会醒来，然后就会看到你们……

蒂蒂尔　真的吗？……

蒂蒂尔的奶奶　看，你应该很清楚是怎么回事……

蒂蒂尔　不，我还搞不懂……

蒂蒂尔的奶奶　（看着老伴）他们那个世界真是奇怪……他们还不知道怎么回事……看来他们没有学到什么新东西呀！……

蒂蒂尔的爷爷　想想我们活着的时候也是这样……活着的人总觉得阴间的人很笨……

蒂蒂尔　你们一直睡着吗？……

蒂蒂尔的爷爷　是啊，我们一直睡得很香，除非有活着的人想念我们，来唤醒我们……当我来到这个世界后，能好好补补觉是件好事……可是，经常被想念的人唤醒也很幸福……

蒂蒂尔　这么说，你们并不是真的死了？

蒂蒂尔的爷爷　（激动地跳起来）你说什么？……他刚刚说什么来的？……他用的是什么字？我都搞不明白了……蒂蒂尔，这是新发明的字吗？……

蒂蒂尔　你是说“死”这个字吗？……

蒂蒂尔的爷爷　没错，就是这个字……这个字代表什么？……

蒂蒂尔　就是表示一个人不再活着了……

蒂蒂尔的爷爷　那边的人啊，他们是多愚蠢！……

蒂蒂尔　在这边怎么样？……

蒂蒂尔的爷爷　很好呀，不仅不错，还能祈祷呢……

蒂蒂尔　爸爸告诉我，不用再祈祷了……

蒂蒂尔的爷爷　还是需要祈祷的……祈祷代表思念……

蒂蒂尔的奶奶　对啊，对啊，要是你们能够经常来这里看看我们，那就太好了……蒂蒂尔，还记得上次奶奶给你做的苹果馅馅饼吗？……那时候你吃那么多，都吃坏肚子了……

蒂蒂尔　可是从去年开始我就没吃过苹果馅饼了……今年甚至连苹果都没吃过……

蒂蒂尔的奶奶　胡说八道……我们这里一直有苹果……

蒂蒂尔　可是不一样的……

蒂蒂尔的奶奶　怎么不一样了？……什么都是一样的，就像我们能亲吻拥抱一样……

蒂蒂尔　（仔细看着爷爷和奶奶）爷爷，您一点儿都没变老……奶奶也是……你们的气色越来越好了……

蒂蒂尔的爷爷　在这儿过得不错……我和你奶奶不会继续变老……你们都长这么高了！……是啊，看看我可爱的孙子孙女多健康！……看！门上还有上次给你们量身高留下的记号呢……就是圣徒节那天……来，站直了让爷爷看看……（蒂蒂尔背靠门站着）高了四个手指头！……长得太快了！……（米蒂尔也背对着门站着）米蒂尔高了四个半手指！……哈哈！这两个孩子长个儿的速度真是出乎意料啊！……长得真快！长得真快！……

蒂蒂尔　（笑着环顾屋子）这里的东西还都在原来的地方！……只是所有的东西都变得更漂亮了！……看门口的大挂钟，记得以前我把时针的钟头折断了……

蒂蒂尔的爷爷　看看这个汤盘，被你弄掉了一角……

蒂蒂尔　还有这个门上的洞，是我用螺丝刀钻出来的！……

蒂蒂尔的爷爷　你个臭小子，总是搞破坏！……瞧这李子树！你总是趁我不在爬上去……树上总是长满娇艳欲滴的李子……

蒂蒂尔　现在李子看上去更美味了！……

米蒂尔　那只老鸟还在这里！……它现在还唱歌吗？……

（老鸟忽然醒来，叫声高亢。）

蒂蒂尔的奶奶　看，没骗你吧……只要有人想到它就会醒来……

蒂蒂尔　（发现鸟羽毛变成纯青色的，很惊讶）它竟然是纯青色的！……我要把这只青鸟带回去给仙女！……我以前可没听你们提起你们养了只青鸟！天啊！它的颜色太青了！纯青色！像玻璃一样！……（商量）爷爷奶奶，你们能让我带走它吗？……

蒂蒂尔的爷爷　行，大概可以吧……老伴儿，你说呢？……

蒂蒂尔的奶奶　当然没问题！当然可以！……它在这里也总是睡觉，又不唱歌，放在这里也没什么用……

蒂蒂尔　太好了！那我让它来我的鸟笼里！……奇怪，我的鸟笼哪里去了？……哦，被我放在大树后面了……（他返回橡树，拿着鸟笼跑回来，把青鸟关进了鸟笼）那我们说定了？你们不会后悔把青鸟给我了吧？……仙女和光一定会很开心的！……

蒂蒂尔的爷爷　我可不敢保证这只鸟……我怕它不再习惯人间忙乱的生活，然后顺着风飞回来……不管怎么说，这都是以后的事情……我们先把它放在这里，我带你去看看母牛……

蒂蒂尔　（看到了蜂窝）爷爷你觉得这些蜜蜂生活得怎么样？……

蒂蒂尔的爷爷　它们过得还不错……尽管它们不是活的了，可是依然勤勤恳恳……

米蒂尔　（靠近蜂窝）真的！……有蜂蜜的香味儿！……蜂房一定很重！……哇！这些花也好漂亮！……我那些已经死去的小姐妹，她们也在这里吗？……

米蒂尔　我的三个小兄弟呢？也在这里吗？……

（话音刚落，七个高矮不一的孩子从屋里出来了。像笛子上的孔洞一般，有大有小。）

蒂蒂尔的奶奶　看，他们来了！他们来了！……有人想到并且提到他们，他们就会出现，这几个活泼的小家伙！……

（蒂蒂尔、米蒂尔和孩子们拥抱着，打闹着，又唱又跳，场面乱成一团。）

蒂蒂尔　皮埃罗！……（互相扯头发）哈哈！我们还像以前一样打架……原来是你啊！罗贝尔！……哦，还有吉嗯！……你的陀螺哪里去了？……玛德莱娜、皮艾蕾特、波莉娜，还有丽盖特……

米蒂尔　那不是丽盖特嘛！丽盖特！……她还在爬着走呢！……

蒂蒂尔的奶奶　是啊，她不会长大的……

蒂蒂尔　（看见有只小狗在旁边叫着）这是奇奇，它也一点没变呀……记得当时还是我用波莉娜的剪刀把它的尾巴剪掉的呢……

蒂蒂尔的爷爷　（郑重地）是啊，这里什么都没变……

蒂蒂尔　波莉娜鼻子上的疙瘩还在！……

蒂蒂尔的奶奶　是啊！疙瘩下不去的，不过也没大碍……

蒂蒂尔　看看他们的脸色多红润啊！胖胖的，粉嘟嘟的……看上去营养很好……很有精神……

蒂蒂尔的奶奶　自从他们来了这里，身体都变得很好……再也没有生过病，再也不用让人担心了……

（屋子里的挂钟敲了八下。）

蒂蒂尔的奶奶 （吃惊）怎么搞的？……

蒂蒂尔的爷爷 我也不知道，不过我猜……大概是挂钟响了……

蒂蒂尔的奶奶 怎么会？这钟已经不报时了啊……

蒂蒂尔的爷爷 因为我们从来想不起时间……是不是有谁想到时间了？……

蒂蒂尔 是我，我想问问现在几点了？……

蒂蒂尔的爷爷 其实我也不知道……我已经习惯不知道时间了……刚才挂钟响了八下，那现在应该是八点左右。

蒂蒂尔 光要我们八点四十五准时回去……而且这是仙女的命令！……我们必须抓紧时间！……我们得走了……

蒂蒂尔的奶奶 你们不能没吃晚餐就走！……快！把桌子放到门口那里……厨房里有做好的李子馅饼和可口的白菜汤……

（大家一起行动，把桌子搬到门口，然后拿出碟子和盆等。）

蒂蒂尔 反正我已经找到青鸟了……再说了我已经好久没喝过美味的白菜汤了……在外面根本没有这种汤……

蒂蒂尔的奶奶 快吃吧……孩子们……你们这么赶时间，就快点吃些，节约点时间……

（奶奶打开灯，端上汤。一家人围着桌子坐在一起，虽然有些挤，但是说说笑笑很欢乐。）

蒂蒂尔 （大口地喝着）这汤太好喝了！……我的天啊，太美味了！……我还要喝！我还要喝！……

（他用木勺敲着盆。）

蒂蒂尔的爷爷 别敲了，安静一下……你这孩子总是这样搞破坏，你会把盆敲碎的……

蒂蒂尔 （从凳子上站起身，身子向前欠着）我就是要吃！就是要吃！……

（他把汤锅抓到自己这边，不小心把锅打翻了，桌子上全是汤，还流到两个孩子膝盖上，孩子被烫得尖叫起来。）

蒂蒂尔的奶奶 你看！……一直这么不听话……

蒂蒂尔的爷爷 （用力给了他一巴掌）这是给你的！……

蒂蒂尔 （片刻后，若有所思地用手捂着脸）对了！你活着的时候也这样打过我……爷爷，这个耳光打得太好了，太棒了！……我得亲你一下！……

蒂蒂尔的爷爷 好，你要是喜欢的话，我可以再来……

（挂钟敲打了八下半。）

蒂蒂尔 （吓得跳起来）糟糕！八点半了！……（扔下手中木勺）快点！米蒂尔！……马上走，没时间了！……

蒂蒂尔的奶奶 看看你！……多待会不行吗？……这里又没有着火，你急什么？……我们见面多不容易……

蒂蒂尔 抱歉，奶奶……光对我们那么好……我已经答应了她……米蒂尔，我们快走吧！……

蒂蒂尔的爷爷 天啊！活着的人每天有忙不完的事情，真让人心烦，让人不开心！……

蒂蒂尔 （抓起鸟笼，然后匆匆和每个人亲吻告别）再见，爷爷奶奶……再见，兄弟姐妹们……皮埃罗、罗贝尔、波莉娜、玛德莱娜、丽盖特，还有你，奇奇！……我觉得我们没时间了……奶奶你别哭啊，我们会经常来看你的……

蒂蒂尔的奶奶 天天都来吧！……

蒂蒂尔 好！我们会尽可能常回来的……

蒂蒂尔的奶奶 你们想到来看我们，就是我们最大的快乐，像过节一样开心！……

蒂蒂尔的爷爷 我们没有别的乐趣……

蒂蒂尔 快！……鸟笼！……我的鸟笼……

蒂蒂尔的爷爷 （把鸟笼递给他）在这里呢！……你要知道，我可不敢担保这鸟的颜色是对的……

蒂蒂尔 再见！再见！……

蒂蒂尔的兄弟姐妹 再见！蒂蒂尔！……再见！米蒂尔！……下次记得给我们带糖来！……再见！……一定要再来呀……记得回来看我们！……

（他们挥着手，看着蒂蒂尔和米蒂尔渐渐远去。他们说最后几句话时，话音越来越低，雾越来越大。到这场最后，一切都淹没在浓雾中，落幕时，只有蒂蒂尔和米蒂尔再次回到大橡树下。）

蒂蒂尔 米蒂尔，从这边走……

蒂蒂尔 光呢？去哪了？……

蒂蒂尔 我也没看见……（看向鸟笼中的鸟）糟糕！这鸟不是青色的了！……它变成了黑色的！……

米蒂尔 哥哥，握住我的手……我很害怕……我觉得好冷……

〔幕落〕

第三幕

第一场　夜之宫

景：大殿的占地面积很大，气势恢宏得如仙境般。大殿内的圆柱、柱头、地上的石板以及镶嵌的装饰都用的是黑大理石、金和乌木等材料，整个大厅是梯形的，像庙宇一样庄严，站在其中不禁有几分脊梁发凉。玄武岩质地的阶梯占据了很大面积的横面，大厅可以分为三层，高度依次递增，最后到达舞台深处。两边是一排圆柱，圆柱的空隙间是青铜大门。舞台的背景也是幽暗的青铜大门，占据了很大面积。整个大殿只有大理石和乌木反射出幽暗微弱的光。

〔**幕启**，夜坐在第二层台阶上，她容貌清丽，身穿黑色长裙。她的身边有两个小孩，一个几乎赤裸，沉睡中嘴角微微上扬，像丘比特一般。另一个从头到脚都被薄纱覆盖，站在那里一动不动。

（猫从舞台右前方上场。）

夜　你是谁？……

猫 （重重地倒在大理石台阶上）夜夫人，是我……我累得几近虚脱了……

夜 孩子，你怎么了？……你怎么变得骨瘦如柴，脸色这么惨淡，就连胡须上也都是泥巴……你是不是和人打架了？在雨里还是雪里？……

猫 你猜的完全不沾边！……都是因为我们的秘密！……情况很危急！……我好不容易才逃出来给您报信的，恐怕我们束手无策啊！……

夜 怎么回事？到底发生了什么事？……

猫 我之前和您说过，就是那个砍柴人的孩子蒂蒂尔带着魔钻……糟糕！他来了，他现在已经来您这里要青鸟了……

夜 他还没得到青鸟吗？……

猫 他真的快得到了，除非我们做点什么……事情是这样的，光把我们都出卖了，因为她完全和人类站在一起。她一直指引着蒂蒂尔行动。光刚刚听闻真正的青鸟就藏在这些靠月光生存、见了日光就得死的青鸟群里。现在这只独一无二的青鸟就在这里……光知道您不让她进这里，所以她就叫那两个孩子来。一旦人类打开那扇神秘之门，那您也无法阻止了，我真不知道要怎么办……如果，真的那么不幸，他们得到了青鸟，等待我们的只有死亡了……

夜 天啊！天啊！……这是什么年代啊！让人一刻都不得安宁……我越来越不知道人类到底要干什么了……他们到底还想得到什么？难道必须让他们把我啃食得干干净净吗？……我三分之一的“秘密”已经被人类洞悉，所有的“恐怖”都变得惶恐不安，连门都不敢出了。我的“幽灵”每日东躲西藏，那些“疾病”也都变得虚弱不堪……

猫 夜夫人，我知道现在的日子很难熬，也就只有我们还在和人类抗争着……糟糕！我听见他们来了！……眼下只能这样做了，他们还是小孩子，稍微吓唬一下就怕了，就不敢打开后面的大门了，也就看不见里面的那些“月光之鸟”了……你看看，其他几个门里的秘密足够转移他们的注意力，而且还可以把他们吓走……

夜 （耳朵贴在门上）我听到了什么呢？……他们来的人多吗？……

猫 别紧张，是我们自己人，是面包和糖，水觉得不舒服，火是光的亲戚也没让他来……只有狗不是我们的朋友，但是怎么赶也赶不走……

（舞台右侧，蒂蒂尔、米蒂尔、面包、糖和狗依次入场，小心翼翼地。）

猫 （殷勤地跑过去迎接蒂蒂尔）从这边走，从这边走，我亲爱的小主人……我已经事先和夜说了，她对你们的到来很欢迎……不过因为她身体不舒服不能来迎接各位，还请大家多多见谅……

蒂蒂尔 夜夫人，日安……

夜 （不愉快）日安？我可听不惯这种问好……你可以说“晚安”，哪怕是“晚上好”……

蒂蒂尔 （忍耐地）不好意思，夜夫人……是我不懂事……（指着夜身边的两个孩子）他们真可爱……是您的孩子吗？……

夜 是很可爱呢，他是睡眠……

蒂蒂尔 他怎么这么胖呢？……

夜 因为他睡得很香……

蒂蒂尔　那个用面纱遮住自己的孩子呢？……他为什么戴着面纱呢？……他病了吗？……他叫什么？……

夜　她是睡眠的妹妹……还是别说出她的名字了……

蒂蒂尔　为什么不能说？……

夜　因为大家都不喜欢听她的名字……咱们说点别的事情吧……猫刚才和我说，你们是为了寻找青鸟才来这里的？……

蒂蒂尔　是的，您可以让我们进去找吗？……如果可以的话，您能告诉我青鸟在哪里吗？……

夜　很抱歉，可爱的小朋友们，我什么都不知道……但是我知道，青鸟不在我这儿……因为我从来没见到过……

蒂蒂尔　这里有！这里有！……光说青鸟在这里，她不会乱讲的……您能给我们钥匙吗？……

夜　小朋友，你得知道我不可以把钥匙随随便便给别人的……我负责守护大自然的一切秘密，所以我要严格约束自己保守秘密。不能向任何人泄露，更何况是你们这样的小孩子……

蒂蒂尔　但是我知道，您不能拒绝人类的要求，这我们知道……

夜　谁说的？……

蒂蒂尔　光告诉我的……

夜　怎么又是光！怎么又是她！……她怎么这么多管闲事……

狗　用我帮您把钥匙抢过来吗，我的小祖宗？……

蒂蒂尔　礼貌点，别出声……（对夜）好了，夫人请给我钥匙吧……

夜　你这样空口无凭……至少得证明一下吧，证据在哪？……

蒂蒂尔　（伸手指着自己的帽子）看到这颗钻石了吧……

夜　（无奈）既然这样……这就是那把能打开所有门的钥匙……但是

丑话说在前面，你要是遇到什么不幸……可和我没关系……

面包 （十分紧张）您是说会有危险？……

夜 危险？……说得明白些吧，那些大门里有的与地狱深渊紧紧相连，一旦打开就是连我也无计可施……在这个大厅四周的玄武岩石洞里藏着很多祸患，千百年来的一切罪恶、灾害、病痛、恐怖和秘密全部藏在这里……在“命运”的帮助下，我费了很大力气才把他们都关起来的，实不相瞒，我好不容易才让这些难缠的家伙各归其所的……要是他们中任何一个逃出来了，在人间作乱，后果都是不堪设想的……

面包 我这把年纪，凭我的忠心和丰富的经验，自然要来保护两个孩子。那么，夜夫人，我可以向您请教一个问题吗？……

夜 当然……

面包 一旦出现紧急情况，要怎么逃走？……

夜 没有任何办法。

蒂蒂尔 （拿着钥匙，往台阶上走了几步）我们从这个门开始吧……这扇铜门里都有些什么？……

夜 我记得是幽灵……我好久没打开这门了，幽灵也好久没有出来了……

蒂蒂尔 （用钥匙去开锁）我看一下……（看向面包）装青鸟的笼子带了吧？……

面包 （紧张得牙不停地颤抖）我真的不害怕，可是您先从锁孔往里面看看，先别开门，这样不是更好吗？……

蒂蒂尔 我可没想听您的意见……

米蒂尔 （忽然哭了）我好怕！……糖呢？……带我回家！……

糖 （殷勤虚伪地）小姐，我在这儿呢……您别哭啊，我这就掰断一根手指给您棒棒糖吃……

蒂蒂尔 都闭嘴……

（蒂蒂尔轻轻转动着钥匙，把门打开一个缝，马上从门缝里跑出几个幽灵，他们长得奇形怪状，向大厅的每一个角落散开。面包吓得扔下鸟笼，跑到大厅尽头躲了起来。夜一边忙着抓幽灵，一边对蒂蒂尔大喊。）

夜 快！马上把门关上！……等他们全跑出来，我们可就抓不回来了！……自从人类对他们不再有兴趣，他们就觉得很无聊……（她一边跑着，一边拿出用蛇做的鞭子驱赶着幽灵，想把他们全部赶回那扇门）快来帮忙！……这边！……这边！……

蒂蒂尔 （对狗喊）蒂洛，你快过去帮帮她！……

狗 （叫着跳起来）遵命！遵命！遵命！……

蒂蒂尔 面包怎么不见了？……

面包 （在大厅尽头）在这里呢……我倚着门，这样幽灵就出不来了……

（有个幽灵跑向面包，他吓得边叫边跑。）

夜 （抓住三个幽灵的脖子，冲他们喊）你们从这边走！……（对蒂蒂尔）门开大一点……（将幽灵扔进大门里）在里面待着多好……（狗抓回两个）还有你们两个……快挤进去吧……要知道，只有到圣徒节你们才可以出来……

（夜把门关上。）

蒂蒂尔 （向另一扇门走去）这里面是什么？……

夜 干吗这么麻烦呢？……我都和你说了，青鸟不在这里……信不信随你……你要是不信就开吧……这里面是疾病……

蒂蒂尔 （用钥匙去开门）开门的时候要注意什么吗？……

夜 不需要……疾病都是些小可怜儿，很安静的……他们很不幸……这段日子，人类正在试图消灭他们……在发现微生物后变本加厉……你开门后就能看见他们了……

（蒂蒂尔打开门，里面什么也没有。）

蒂蒂尔 疾病在哪儿呢？……

夜 刚才不是告诉你了吗，他们的日子很凄凉，都很颓废……医生对他们更是毫不留情……你可以进去看看……

（蒂蒂尔进去后很快就跑了出来。）

蒂蒂尔 里面没有青鸟……里面的疾病个个都无精打采的……看上去垂头丧气……（一个长得瘦小，穿着拖鞋、睡衣和睡帽的疾病，跑了出来，在大殿里欢快地跳着）哎呀！……那个瘦小的家伙是谁？……他跑出来了……

夜 别紧张，这是疾病里的小不点儿，叫流感……他身体最好，因为人类还没怎么伤害他……（看向流感）小不点儿，来……现在还不是时候，到了春天你才可以出来……

（流感打了个喷嚏，边咳嗽边擦鼻子地走进门里，蒂蒂尔关上门。）

蒂蒂尔 （走到旁边的另外一扇门）这扇门里是什么？……打开看看吧……

夜 当心……这里面是战争……他们的威力越来越大，变得越来越恐怖……一旦有一个逃出来，那后果就不堪设想了！……好在他们不是很机灵……你快速地向里面看一眼，然后我们一起迅速把门推上……

（蒂蒂尔小心翼翼地把门打开一个恰好能往里面看的小缝隙，几乎是同时他向后退了一步靠在门上，惶恐地大叫。）

蒂蒂尔 快！快！……我们赶快把门推上！……我被发现了！他们都冲出来了！……他们要开门！……

夜 大家一起来加把劲儿！……使劲儿关门！……面包，你愣着干吗？……大家一起来啊！……他们力气真大！……好了！看！总算好了……这下他们推不动了……赶紧把门关上！……你瞧见他们了吧？……

蒂蒂尔 看到了，看到了！……他们真可怕，全都那么庞大！……我觉得青鸟不会在里面……

夜 那是肯定的！……否则青鸟早被他们吃了……这下你看完了吧？……我就说了，这里根本没什么……

蒂蒂尔 我必须把每一扇门里面都看一看……光告诉我的……

夜 光也就是这样说！……她说得容易！她怎么不自己来，自己胆小不出门……

蒂蒂尔 下一扇门里是什么？……

夜 是黑暗和恐怖……

蒂蒂尔 能打开吧？……

夜 没问题……他们和疾病一样安静……

蒂蒂尔 （半信半疑地顺着门缝往里面看）里面没有啊？……

夜 （也把头伸进门缝里看去）黑暗，你们在哪儿呢？……出来吧，活动一下筋骨对身体好。还有恐怖，也出来吧……别害怕……（几个黑暗和恐怖出来了，她们都是女人的打扮。前后几个分别头戴黑色和浅绿色的面纱，都穿着白色的寿衣惶恐不安地走来。恰好此时蒂蒂尔的手动了一下，她们就仓皇失措）哎呀！都别怕……这就是个孩子，他不会对你们怎么样的……（看向蒂蒂尔）除了最里面那几个高大的，其余的都变得很胆小……

蒂蒂尔　（向里面看去）天啊！她们真吓人！……

夜　仅有的这几个不怕人的已经都被铁链锁住了……我们关门吧，否则她们会发脾气……

蒂蒂尔　（走到下一扇门前）哎呀！……这扇门看起来更可怕……这里是什么？……

夜　里面是一些神秘的东西……如果你坚持看的话，也可以……不过千万不要进去……一定要提高警惕，我们要向刚才对战争那样，要时刻准备好关门……

蒂蒂尔　（小心翼翼地把门打开一个小缝，害怕地向里面看去）哎呀！……好冷啊！……冷气刺得我的眼睛好痛！……快关门！……他们也在推门！……（夜、狗、猫、糖一起把门推上）我看到了！……

夜　你看到什么了？……

蒂蒂尔　（还没回过神来）说不清楚是什么，但是太可怕了！……他们坐在那里，就像一群没长眼睛的怪物……刚才想抓我的大怪物是谁？……

夜　应该是沉默。他负责看守这扇门……看看你脸色发白，颤抖个不停……是不是怕了？……

蒂蒂尔　我没想到会这么吓人……我以前没见过……糟糕！我的手都冻得麻林了……

夜　如果你接着看的话，会更可怕……

蒂蒂尔 （走到挨着的另一扇门）这里面呢？……也很恐怖吗？……

夜 没有，这里面是乱糟糟的东西……里面有我用不上的星星，我自己留着用的香气，还有我私有的发亮的东西，像萤火虫、鬼火之类的；还有亮晶晶的露珠，夜莺的动听的歌声……

蒂蒂尔 就是这些星星、夜莺的歌声……应该就是这里了。

夜 你既然这么觉得那就开门吧；反正里面又不恐怖……

（蒂蒂尔打开门。星星马上从里面跑了出来，她们穿着女孩的服装，五颜六色的，她们的面纱发出闪亮的光，她们跑到大殿的各个方位，在台阶上和圆柱旁边围成一圈，若隐若现的光亮很漂亮。夜的香气在其中很难被辨别出来，鬼火、萤火虫、亮晶晶的露珠和星星会聚在一起，加之夜莺的歌声迎面冲来，在夜的大殿里回响。）

米蒂尔 （欢快地鼓掌）哇！好美的夫人！……

蒂蒂尔 她们的舞蹈真好看！……

米蒂尔 她们散发的香气也很好闻！……

蒂蒂尔 她们的歌声太动听了！……

米蒂尔 那个很难辨别的是谁啊？……

夜 这是我的香气啊……

蒂蒂尔 那边穿着玻璃线的是谁啊？……

夜 那是大自然里的露珠……真是受够了……她们跳个没完了……只要让她们跳舞就很难让她们回去……（击掌）够了，星星，马上回去！……现在可没到你们跳舞呢……天空被你弄得乌云密布了……行了！大家快回去，否则别怪我去找阳光……

（星星、夜的香气都惶恐地跑进门里，夜莺的歌声也随着大门被关上而消失。）

蒂蒂尔 （向舞台最后面的那扇大门走去）这扇正中央的大门……

夜 （严肃的）不要打开……

蒂蒂尔 为什么？……

夜 因为这里不允许被打开……

蒂蒂尔 光对我说过，青鸟就藏在这扇门里……

夜 （如长辈般呵护）好孩子，听我说……我对你很宽容很慈祥……我对别人从来不这样……我甚至把我的秘密都告诉了你……我像母亲对孩子一样喜欢着你，同时也替你的年少无知感到惋惜……你听我一句，可怜的孩子，你要相信我，别再向前碰运气了，放弃你的想法吧，千万不要打开这扇门……

蒂蒂尔 （犹豫）到底是什么原因呢？……

夜 我不想看到你白白送命……你听好了，但凡打开过这扇门的人，哪怕只是打开一点点缝隙，也没能活着见日出……因为这个原因没有人有胆量给它取名字，人看到它以后，会觉得这个世界上再恐怖的东西和它相比，都变得不值一提了……所以如果你执意要开这扇门，那先让我躲进那边的无窗之塔里吧……我想你应该好好想想……

（米蒂尔吓得哭闹起来，试图去拉蒂蒂尔。）

面包 （牙齿战抖得厉害）我的小主人，千万不要开这扇门！……（跪了下来）我跪下来求您了……可怜可怜我们吧！……您也知道夜不会骗您……

猫 您这样做是不把我们的性命当回事儿……

蒂蒂尔 直觉告诉我要打开这扇门……

米蒂尔 （哭着跺脚）不要打开！……不要打开！……

蒂蒂尔 糖、面包，你们快带米蒂尔离开这里……我就要开门了……

夜 大家快跑吧！……快跑……现在还不晚！……

（她边说边跑。）

面包 （竭尽全力地跑）起码等我们跑到大殿另一边再开门啊！……

猫 （奔跑）等等我！……等等我！……

（蒂蒂尔和狗站在那扇大门前，其他人全在大殿另一头的圆柱后面藏了起来。）

狗 （尽量控制情绪，强忍恐惧，喘着粗气，甚至打嗝）还有我呢，我还在，我还在……我不害怕……我留在这里了！……我要陪伴在小祖宗旁边……我在你身边！……

蒂蒂尔 （轻轻拍拍狗的头）好的！蒂洛，好的！……你和我是两个……现在我们得提高警惕！……

（他刚刚把钥匙插进门锁，从藏躲的圆柱后就传来了尖叫。钥匙触及大门的那一刻，两扇门自动从中间打开，慢慢地开启直至嵌入墙内，霎时，一座在黑夜中璀璨的神秘花园出现了，让人始料不及的是它一望无际，有一种虚无缥缈的感觉，却无法用语言来表达。许多青鸟穿梭在群星中，被它们碰到的地方全散发出光芒，它们有秩序和规律地变换着队形，在闪烁的宝石和月光中飞翔，一直飞到天的尽头。成群结队的青鸟让人目不暇接，就像花园本身的魔力一般。）

蒂蒂尔 （站在花园的光辉中，神志有些不清）我的天啊！……（看向圆柱后躲藏的方向）你们来呀！……青鸟在这里！……真的是青鸟！是青鸟！青鸟！……青鸟终于被找到了！……这里有几千只青鸟！……成百上千万只！……简直太多了！……米蒂尔，过来呀！……蒂洛，你也来！……大家都过来呀！……都帮我一下！……（向青鸟扑去）看，这么容易就可以抓满手的青鸟了！……青鸟一点也不可怕！……它们也不怕我们！……走这边！走这边！……（一行人除了夜和猫都跑了过来，走进这个五彩斑斓的梦幻花园）你们快看！……青鸟多得都飞到我手里了！……哇！你们看，青鸟在吃月光呢！……米蒂尔，你跑哪里去了？……好多青色的翅膀掉下来，挡住了我的视线！……蒂洛！你不要伤害青鸟……不许咬它们……抓它们的时候要温柔些！

米蒂尔 （被青鸟围住）我抓了七只了！……糟糕！青鸟在摆动翅膀！……我抓不住它们了！……

蒂蒂尔 我也抓不住！……我手里的青鸟太多了！……它们飞走了然后又飞了回来！……蒂洛也抓了几只青鸟！青鸟要带我们走！……要带我们去天上！……快，我们从这边走！……光正在等我们！……她得高兴成什么样啊！……来，走这边，这边！……

（兄妹二人跑出了花园，手里全是挣扎的鸟，在大殿中快跑时，青鸟的翅膀疯狂地摆动着；两人从舞台右边下场，也就是从上台的位置下台。面包和糖紧随其后，他们没有抓鸟，而夜和猫依然在场，他们迈着沉重的步子来到台阶的顶层，情绪低落地看着花园。）

夜 他们抓到青鸟了吗？……

猫 没抓到……青鸟在月光上面，太高了……他们够不到的……

（幕落。光从舞台左边上台，同时蒂蒂尔、米蒂尔和狗从舞台右边跑上台，手里抓满了鸟。可是，那些鸟儿的头都低垂着，翅膀也被折断，纹丝不动，毫无生命力。）

光 还好吗？青鸟抓到了吧？……

蒂蒂尔 抓到了！抓到了！……有成千上万只呢！……很容易就抓到了……你看看，在这儿呢！……（看向递给光的鸟，发现已经死了）怎么会这样！鸟死了……是谁干的？……米蒂尔，你抓的鸟也死了吗？……蒂洛，你的也是吗？（伤心地把那些死鸟摔在地上）天啊！这是谁在搞破坏！……是谁把这些鸟弄死的？……我怎么这么不幸！……

（他两只手插在头发里痛哭。）

光 （温柔怜爱地搂住他）我的孩子，不要哭……这些并不是那只真正的青鸟，那只鸟即使是白天也能活着……它应该已经飞去别处了……以后我们一定会找到的……

狗 （看着地上的死鸟）这些可以吃吗？……

（他们从舞台右侧下台。）

第二场　森林探险

景：夜晚的月光照射在一个大树林里。里面有很多不同的老树，例如橡树、山毛榉、榆树、白杨、枞树、柏树，甚至还有菩提树和栗子树。

〔**幕启，**猫走上舞台。

猫 （依次礼貌地向树鞠躬）向大家问好了！

众树 向你问好！……

猫 今天我是来告诉大家一件重要的事情！……我们共同的敌人，就是那个折磨你们的砍柴人的儿子——蒂蒂尔，他要来释放你们的灵魂，真是自投罗网……他要找那只知道我们秘密的青鸟，那只从原始时代就被你们藏起来不让人类看见的青鸟……（树叶婆娑）您在说什么？……啊，是白杨发出的声音……没错，他拥有一颗能把我们的灵魂短暂释放出来的魔钻，一旦我们的灵魂受他控制，就会把青鸟交出来，那我们就要被人类控制了……（树叶婆娑）是谁的声音？……哦，橡树啊，您最近感觉怎么样？……（橡树叶发出窸窸窣窣的声音）一直在感冒吗？……甘草没有来照顾您吗？……风湿病也没好？……您听我说，这都是苔藓惹的祸，您的脚上长满了苔藓……青鸟还在您这里吗？……（橡树叶发出窸窣的声音）您在说什么？……是，您说得没错，现在我们已经没有时间考虑那么多了，必须抓住机会让他死……（树叶窸窣声）您说什么？……是，他妹妹和他在一起，他们得一起去死……（树叶小声说话）没错，狗只和他们在一起，怎么也支不开……（树叶小声说话）您是说？……拉拢狗？……这不可能，我们已经想尽了办法……（树叶小声说话）是枞树啊？是你在说话吗？……您已经准备好棺木了吗？……没错，火、糖、水、面包……和我们是一伙的。不过面包不太可靠……光是完全帮助人类的，不过我会甩开她……等光睡意正浓时，我偷偷把两个孩子骗出来……不过这种办法只能用一次，所以这次机会很宝贵……（树叶小声说话）哦，是山毛榉在说话！……对，您说得很有道理，要提前和动物们说好……兔子在您这里吗？他带鼓了吗？……好，那马上让他敲鼓吧！……他们过来了！……

（兔子敲着鼓隐没在夜色里。）

（蒂蒂尔、米蒂尔带着狗上场。）

蒂蒂尔 是这里吗？……

猫 （殷勤、虚伪、奉承地跑到孩子眼前）啊！你们来了啊，我亲爱的小祖宗！……您今晚看起来真精神，好看极了！……我早您一步到这里，让他们知道您要光临……一切都很顺利，我觉得这次我们一定会找到青鸟……我刚才派兔子去打鼓了，这样就能把树林里的各种动物都聚在一起……你听一下……是不是听见他们的脚步声了……他们现在还心存恐惧不敢走近……（各种动物的声音，例如母牛、马、驴、野猪等。猫把蒂蒂尔拉到一边）您怎么还带狗来了？……我之前就和您说了，狗的人缘很差，甚至包括这里的树木都和他有前嫌……我真害怕他的到来让人厌恶，把事情搞砸……

蒂蒂尔 我赶不走他……（恐吓他）给我滚，你这蠢货！……

狗 你在说谁？……我吗？……我做错什么了？……

蒂蒂尔 我说让你滚啊！……没别的原因，你在这里什么忙也帮不上……只会帮倒忙！……

狗 我不说话……就在远处看着……也不让别人看见我……要不让我站起来逗您开心吧？……

猫 （和蒂蒂尔悄悄说）您怎么能这么纵容他？真是让人忍无可忍，打他几棍子吧！……

蒂蒂尔 （打狗）你这样才能知道什么叫听话！……

狗 （痛苦呻吟）啊！啊！啊！……

蒂蒂尔 你还想说什么？……

狗 你既然打也打了，那就得让我抱抱你！……

（狗在蒂蒂尔身上蹭来蹭去，用力抱着他。）

蒂蒂尔　行了！……现在马上停下来……滚开！……

米蒂尔　不，我要他在身边……他不在我会很害怕！……

狗　（激动地扑向米蒂尔，急切地吻着她，力气大得几乎使米蒂尔倒下）可爱的小公主！……您真是又美丽又善良！……看您脾气好，心眼也好！……我得多抱您一会儿，再亲一口，再亲一口！……

猫　他看上去笨死了！……既然这样，那我们走着瞧吧……不要耽误时间了……赶紧转动钻石吧！……

蒂蒂尔　我应该在哪？……

猫　就是这片有月光的地方，站在这里您会看得更清楚……对，就是这里！然后慢慢转动钻石……

（蒂蒂尔将钻石转动，随即是一阵枝叶窸窣的声音。更让人不敢相信的是最古老的树干从中间裂开，从里面走出很多灵魂。很明显，这些灵魂各自代表不同的树种，因而长得各不相同。例如，榆树的灵魂是一个小矮人，他肚子很大，脾气也很大；菩提树的灵魂很友好，对人热情；毛榉树的灵魂高贵且充满灵性；桦树的灵魂看上去肤色白皙，很胆怯，内敛；柳树则长发飘飘，腰身盈盈一握，显得楚楚可怜；枞树的灵魂高高瘦瘦，少言寡语；柏树的灵魂显得有些忧伤；栗子树的灵魂很会打扮，看上去高傲冷艳；白杨的灵魂精力充沛，为人外向，但话有些多。还有灵魂从树的身体里出来，他们走得很慢，手脚略带僵硬，就像沉睡了很多年、需要舒活一下筋骨般。也有的灵魂脚步轻盈，尽情地蹦蹦跳跳。而这些灵魂都围在蒂蒂尔和米蒂尔身边，又和树身保持着不远的距离。）

白杨　（第一个跑出来，声音尖利）是人类！……是小孩儿！……终于有人可以和我们聊天了！……这么多年我们都不能说话，现在总算结束了！……结束了！……他们从哪儿来的？……他们是什么人？……他们是好人还是坏人？……（看着沉默的菩提树边抽烟边走过来）你认识他们吗？菩提树老爸？……

菩提树　我不记得见过他们……

白杨　肯定见过的！哈！见过！……您一直都能在人的住处旁散步，所有人您都认识……

菩提树　（仔细看着两个孩子）没见过，我不想骗您……他们年纪太小，我没见过他们……我只认识那些在月光下散步的恋人，或者在我树荫下喝酒的醉鬼……

栗子树　（傲慢地戴上眼镜）他们是谁？……是乡下来的穷人吧？……

白杨　是您啊！栗子树先生，你可是只喜欢在城市街道上露面的……

柳树　（一脸愁苦地踩着木屐走来）天啊！天啊！……他们又来砍我的头和胳膊了，还用它们做柴来烧……

白杨　都闭嘴！……看看，橡树也从他的宫殿里走出来了！……他看上去心情不好……你们有没有觉得他看上去老了很多？……他今年多大？……枞树告诉我他有四千岁，但是我肯定，他说多了……仔细听，橡树会对我们解释是怎么回事……

（橡树慢慢地走来。他和人们说的一样，看起来很老，戴着寄生槲形成的头冠，身上的长袍是用苔藓点缀的。他的白色胡须随风飘拂，他双目失明。一手拄着布满根瘤的拐杖，另一只手被一个小橡树搀扶着，那是专门为他带路的人。青鸟停落在他的肩头，他走过来，各种各样的树都排好队形向他鞠躬问好。）

蒂蒂尔 青鸟在那里！……快！快！……到这边来！……给我青鸟！……

众树 安静些！……

猫 （对蒂蒂尔）这可是橡树！快摘帽子！……

橡树 （看向蒂蒂尔）你是谁啊？……

蒂蒂尔 先生，您好，我是蒂蒂尔……您什么时候可以把青鸟给我呢？……

橡树 你知道你爸爸给我们带来多大的伤害吗？……就拿我们一家来说，他害死我六百个儿子，四百七十五个叔伯姑婶，一千二百个兄弟姐妹，三百八十个儿媳妇，还有一万两千个孙子！……

蒂蒂尔 先生，我不知道……但是我爸爸不是故意的……

橡树 你来这里做什么？你让我们的灵魂都走出来干什么？……

蒂蒂尔 对不起先生，打扰您了……猫对我说，你会告诉我青鸟在哪里？……

橡树 没错，我听说你在找青鸟，也就是你在找世间万物的秘密，从而让人类变本加厉地奴役我们，让我们的日子更难过……

蒂蒂尔 先生，您不要这样想，我找青鸟是为了帮助仙女贝丽吕娜病重的女儿……

橡树 （打断他）别解释了！……怎么听不到那些动物的声音？他们哪里去了？……这件事和我们都是息息相关的，他们也别想袖手旁观……我们众树是承担不起这么大的责任的……如果有一天，人类知道我们即将做的事情，就会对我们痛下杀手……现在我们要一起协商，免得日后互相埋怨，推卸责任……

枞树 （顺着众树头顶看去）动物们来了……兔子带领着他们……看，好多灵魂，有马、公牛、阉牛、母牛、狼、绵羊、猪、公鸡、山羊、驴和熊，他们的灵魂都来了……

（动物们的灵魂依次上台，随着枞树的话语，一一坐在众树的缝隙间，只有山羊和猪的灵魂还在不停地动）。

橡树 大家都来了吧？……

兔子 母鸡在家里孵蛋，野兔出门去了，鹿的犄角痛最近又犯了，狐狸生病了，哦，给您，这是医院的病历。鹅不明事理怎么也不听劝，而火鸡正在大发雷霆……

橡树 对于他们没能参与我表示很惋惜……但是到场的各位已经达到法定人数了……各位兄弟姐妹们，你们知道我们要讨论什么。就是站在我们眼前的这两个孩子，借助神力得到了夺走青鸟的力量，一旦他们得逞，我们从原始就一直守护的秘密就会被他们获悉……我们了解人类，毫无疑问，一旦他们知道了这个秘密，我们将会遭受什么样的厄运大家也心知肚明了。所以现在一切的迟疑都是愚蠢的，是无法原谅的……在这个千钧一发的时刻，我们必须让这两个孩子死掉……

蒂蒂尔 他说什么呢？……

狗 （露出尖利的牙齿，在橡树周围走动）你这个老东西，先看看我的牙怎么样？……

山毛榉 （生气）他居然敢羞辱橡树！……

橡树 是狗吧？……把他赶走，我们可不要叛徒……

猫 （悄悄告诉蒂蒂尔）让狗滚远点……这是一个误会……把事情交给我好了，我会处理好的……不过前提是让狗滚出去……

蒂蒂尔 （对狗）你滚远点！……

狗 你这个有风湿病的老不死的，我要撕烂你用苔藓做的鞋子……让你颜面扫地……

蒂蒂尔 闭嘴！……滚啊！……快滚！你这个畜生！……

狗 好，好，我这就走……你需要我的时候我再回来……

猫 （悄悄告诉蒂蒂尔）为了防止他冲动做了坏事，您最好把他捆起来。否则惹怒了那些树，事情可就不好办了……

蒂蒂尔 可是我把狗链弄丢了……怎么办？……

猫 正好常青藤也在，他有耐用的绳子……

狗 （哀叫着）我会回来的，我会回来的！……你们这些长得又难看，又有风湿病气管炎的老树根！……都是猫的诡计！……我一定会让她付出代价的！……你这个只会说悄悄话的家伙！……你这只老虎！你这个犹大！你这个可恶的巴泽纳[①]！……汪！汪汪！……

猫 您看我说得没错吧，他竟然骂每一个人……

蒂蒂尔 没错，狗真是烦人的家伙，不用说了……常青藤先生，您能帮我把狗拴起来吗？……

常青藤 （胆怯地走向狗）他不会咬我吧？……

狗 当然不会了！不会！……他还会好好亲吻拥抱你呢！……你等着瞧啊！……来啊，靠近一点嘛，你这个可恶的老家伙！……

蒂蒂尔 （拿着棍子恐吓狗）蒂洛！……

狗 （边晃尾巴边走到蒂蒂尔身边）我的小祖宗，我到底该怎么做？……

---

①巴泽纳（1811—1888年）：法国元帅，于1870年任法国洛林地区统帅，后被普鲁士军队打败。

蒂蒂尔 趴在地上！……听常青藤的命令让他把你捆上……否则……

狗 （在常青藤的捆绑下号叫着）死常青藤！……你这可恶的索命绳！……拴猪牵牛的臭绳子！……哎呀，我的小祖宗！你看呀！……他弄断了我的爪子……他不让我呼吸了！……

蒂蒂尔 你自找的！……自作自受！……你真是太烦人了，不许出声了！闭嘴！……

狗 不管怎么说，你这么做都不对……他们心怀鬼胎……我的小祖宗，你可要小心啊！……我不能说话了！……我的嘴被封了！……

常青藤 （他把狗捆得像个小包裹）我把狗捆得很紧……现在把他放在哪里呢？……他的嘴已经被封上了……

橡树 你把他绑在我身后的树根上，绑得结实点……等一下我们再决定怎么解决他……（白杨树和常青藤一起把狗放在了橡树后面）确定绑好了吧？……好了，那现在我们就摆脱了这个麻烦的叛徒了……接下来的程序就是商量一下我们该怎么做……实不相瞒，我现在的心情很激动，激动得我难以控制情绪……能够审判人，真的是开天辟地第一次啊，现在终于有机会让人类知道我们的厉害了……我觉得既然人类给我们带来那么多灾难，让我们受到那么不公平的待遇，那么他们毫无疑问就该受到审判……

众树和动物 没错！……没错！……处死他！……给他判处死刑！……人类做了那么多不能原谅的事情！……又那么不知天高地厚！……快！我们动手处死他！……吃了他！……现在就

行动！……

蒂蒂尔 （看向猫）他们的情绪看上去不对……他们怎么了？……

猫 不要紧……他们只是因为春天迟迟不来而恼火……交给我来办，我会处理好的……

橡树 大家意见这么统一，看来是势在必得了……现在我们要考虑的是最好的办法是什么，一个快捷又安全的不会遭到人类报复的办法。主要是当人类在树林找到这两个孩子的尸体时，不会对我们起疑心……

蒂蒂尔 老橡树到底在说什么？……他想怎么样？……我已经听得不耐烦了……青鸟既然在他那里，就赶快给我吧！……

公牛 （往前迈了一步）最快捷保守的方法就是我用角顶住他们的心脏。我顶过去怎么样？……

橡树 这话谁说的？……

猫 公牛说的。

母牛 你先闭嘴……我可没时间操心公牛干吗……我要把那边月光下的一片草地全都吃掉，这已经够我忙的了……

阉牛 我也有事情忙了，但是事先声明，你们决定怎么样我都支持……

山毛榉 好吧，我可以用头顶的树枝把他们吊起来……

常青藤 我可以给他们打活结……

枞树 我可以给他们提供木板做个小棺材……

柏树 他们的墓地就由我负责吧……

柳树 最容易的做法是让他们在河里淹死……这个我可以办到……

菩提树 （调解）行了，行了……大家非要用这么残忍的手段吗？他们也只是小孩子……要不这样吧，我们找一块空地，我把周围围起来，把他们关在里面，这样他们就出不来了……

橡树 这话是谁说的？……这么好听的声音，大概是菩提树……

枞树 就是菩提，没错……

橡树 难道我们这里也出现了那群动物里的叛徒了？……我现在想到果树的不忠还很心酸，不过果树也算不上真正的树……

猪 （小眼睛闪烁着贪婪的光）我觉得应该先把这个小女孩吃掉……她的肉一定很鲜嫩……

蒂蒂尔 那个家伙说什么？……等一下……

猫 我也不明白他们说了什么，但是看上去事情有些不对劲……

橡树 肃静！……现在要选出一个代表先动手，不知道谁能这么荣幸可以第一个为大家扬眉吐气。自从有了人类，恐惧危险一直伴随着我们，我们总算要出这口气了……

枞树 这个荣誉当然非您莫属了！您是我们树木的头领，是这里的大家长……

橡树 是枞树吗？……可是我年纪太大了，眼睛也不管用了，而且还是个患有风湿四肢无力的残疾人……可是你不一样，我的好兄弟，你正当壮年，四季常青，身板笔直硬朗，你还看着这里大部分的树木长大。现在我老了，这个为了自由的行动就由你为我代劳吧……

枞树 谢谢您对我的重视，亲爱的大家长……可是一旦由我去埋这两个孩子，获得了这份荣誉，我害怕会有人因此嫉妒。所以我认为，除了您之外，最德高望重且身体强壮的就是山毛榉了……

山毛榉 您也知道，我的树干被虫蛀得厉害，身体大不如从前了……不过榆树和柏树都精力充沛……

榆树 这份殊荣我真是做梦都想要啊，但是我昨晚被鼹鼠伤到了脚趾，现在几乎都站不稳……

柏树 我已经为他们准备好墓地了……可是我觉得自己和枞树老哥一样，虽然不能得此殊荣去埋葬他们，却可以在之前为他们哭丧……我任务那么多怕对大家不公平，所以还是请白杨去吧……

白杨 我？……您在想什么呢？……我的体质和小孩子一般虚弱……而且我也不知道怎么了……我很不舒服，浑身烧得发抖……一定是今天日出的时候感冒了……看看我的叶子就知道了……

橡树 （大发雷霆）你们这是在害怕人类吗？……两个这么大的孩子也能让你们感到害怕？何况他们只有两个人，而且毫无抵抗能力……就是你们的这种胆小才使得我们一直被人类奴役！……算了！……既然你们这么不争气，我可不能放过这个千载难逢的好机会！就让我这个又瞎又残手脚又不听使唤的老头子去对付他们吧，我要独自前去对付我们的宿敌！……他们在哪里？……

（他拄着拐杖，慢慢走向蒂蒂尔。）

蒂蒂尔 （手伸进衣兜里拿出小刀）这个老家伙是拄着拐杖来找我的吗？……

（众树见到了刀，吓得尖叫起来，他们纷纷去拉住橡树，劝阻他。因为刀是神秘的武器，有了刀，人类变得强大。）

众树 是刀！……当心！……刀啊！……

橡树 （奋力挣扎）松手！……我不怕！……不管是刀还是斧子！……谁在拉我？……想造反？……你们都在这里干什么？……你们到底想怎么样？……（怒掷拐杖）那就让我们丢人吧！……就这

样吧！……把这个神圣的任务交给这群动物吧！……

公牛 等你这句话很久了！……交给我吧！……我只要用角一顶就行了！……

阉牛和母牛 （拽住他的尾巴）你多管闲事干吗？……别犯傻！……这不是什么好事！……不会有好下场的！……你做了我们都会倒霉的……别管了……这是大野兽的事情！……

公牛 别拉我！……别拉我！……这是我的事情！……你们等着看好戏吧！……你们别拽我！我要给他点颜色看看！……

蒂蒂尔 （看着惊慌失措的米蒂尔）别怕！……快来我身后……我这里有刀……

公鸡 这小伙子挺勇敢！……

蒂蒂尔 这么说，你们是针对我的？……

驴 这还用问？小伙子，看了这么久，也该看出点名堂了！……

猪 你可以好好祈祷了，哈哈，你们的死期到了！哎呀，别让那小姑娘躲起来啊……我可是要先把她看够了再吃呢……

蒂蒂尔 我做错了什么吗？……

绵羊 没什么大错，小家伙……你们只是吃掉了我的小弟弟，我的两个妹妹，我的三个叔叔和我的姑姑，还有我的爷爷奶奶……有你好看的！你一旦摔倒了躺在地上，就会知道我也有尖利的牙齿……

驴 看看我长的蹄子吧！……

马 （傲气地用脚蹬着地）有你好看的了！……你是想被我的牙齿咬烂呢，还是想被我用蹄子踢死？……（马傲气地走向蒂蒂尔，蒂蒂尔向马举起了刀子，马受到惊吓迅速逃跑。）天啊！不行！……

这不公平！……这不合逻辑！……他居然要保护自己！……

公鸡 （一脸欣赏）说实话，这小家伙胆子不小！……

猪 （看向熊和狼）我们一起行动吧！……我在后面突击……把他们撞倒在地，只要那小女孩摔倒了，我们就一起享用吧……

狼 你们在正面转移注意力，我去背后攻击吧！……

（他潜伏在蒂蒂尔身后，将蒂蒂尔撞倒。）

蒂蒂尔 你这可恶的犹大！……（单腿跪地，一只手挥动手中的刀子保护尖叫的米蒂尔。那些动物和众树把绊倒在地的蒂蒂尔围了起来，打算进行攻击。舞台瞬间变暗，传来蒂蒂尔撕心裂肺的求救声。）救命呀！救命呀！……蒂洛！蒂洛！……猫呢？……蒂洛！……蒂莱特！蒂莱特！……快来救我！快来救我！……

猫 （在远处袖手旁观，虚情假意的）我的爪子扭伤了……帮不了你……

蒂蒂尔 （挡住攻击，尽量防卫）救命啊！……蒂洛！蒂洛！……我支撑不住了！……他们人数太多了！……熊、猪、狼、驴、枞树、山毛榉！……啊！蒂洛！蒂洛！蒂洛！……

（狗挣脱了身上的束缚，身上还带着断掉的藤蔓，从橡树身后蹿出来，奋力挤进包围圈内，挡在蒂蒂尔前面，竭尽全力保护蒂蒂尔。）

狗 （拼命地挣脱着）我在呢！我的小祖宗！我在这里呢！……不要怕！再忍一会！……我咬人很厉害的！……嘿，熊，我要咬你的大屁股！……哼！还有谁也想被咬！……猪，也咬你一口！马，还有你！我要在牛尾巴上咬一口！看，我还把橡树和山毛榉的衣服给撕烂了！……枞树竟然想逃跑！……哎呀，好热啊！……

蒂蒂尔 （筋疲力尽）我撑不住了！……柏树刚刚用力打了我的头……

狗 哎！我也被柳树打了！……我的爪子被打断了！……

蒂蒂尔 他们又来袭击了！……来了好多人，这次是狼带头的！……

狗 我给他点厉害瞧瞧！……

狼 笨蛋！……兄弟！……他的父母曾经把你的小狗淹死了啊！……

狗 他们做得没错！……做得好！……因为他长得很像你！……

众 树和群兽的叛徒！……傻瓜！……笨蛋！罪人！犹大！……离开那个孩子！他是该死的人类！和我们站在一起！

狗 不！我不要！……就算是我自己我也会和你们抗争到底的！……不要！不要！……我要忠于神！忠于人类！人类是最伟大优秀的，我要忠于他们！……（看向蒂蒂尔）当心，熊过来了！……小心公牛！……我要冲上去咬断他们的喉咙……哎！……糟糕，我的两颗门牙被驴踢掉了……

蒂蒂尔 我不行了，蒂洛！……啊呀！榆树打了我……你看看，我的手也被咬流血了，我不知道是狼干的还是猪干的……

狗 等等，我的小祖宗……我吻你一下，是这里吧，那我再舔几下……舔了就会舒服很多……来，你躲在我身后吧……这样他们就不敢靠近了……糟糕！他们又来了！……哎呀，我又被打了一下，这下有些严重！……咱们一定要支撑住啊！……

蒂蒂尔 （趴在地上）不行了，我撑不住了……

狗 有人！……我听到了！我闻到了！……

蒂蒂尔 哪里？……是谁？……

狗 在那儿！在那儿！……是光！……她来救我们了！……我的小祖宗，我们有救了！……快亲亲我吧！……我们没事了！……看啊！……他们都吓得逃跑了！……

蒂蒂尔 光！……光！……快过来！……快！……他们全都造反

了！……他们一起攻击我们！……

（光走上场，伴随着她的脚步，曙光洒遍森林上空，森林里充满光明。）

光 怎么了？……发生了什么？……可怜的小家伙！你怎么忘了？……转一下钻石就可以让一切恢复平静了……让他们的灵魂回去你就不害怕了……

（蒂蒂尔慌忙转动钻石，众树的灵魂迅速回到了树干里，树身在刹那间又合并起来。那些动物的灵魂也不见了，远处有一只母牛和一只绵羊在慢慢地吃草，蒂蒂尔环顾着依旧平静安逸的森林，张大了嘴巴不敢相信。）

蒂蒂尔 他们都到哪里去了？……发生了什么？……他们疯了吗？……

光 没有，这才是他们的本来面目，因为平时人们无法看见，所以不明真相……我之前就和你说了，我不在场的时候，你要唤醒他们很困难……

蒂蒂尔 （擦拭着刀子）说实话，今天要不是有狗和刀子，结果不知道是什么样……他们竟然这么凶残，真是不敢想象……

光 你得知道，人活在这个世界上很多时候要独当一面的……

狗 我的小祖宗，你伤得重不重啊？……

蒂蒂尔 我没事……好在他们没伤到米蒂尔……可是，我的好蒂洛……你嘴上流了好多血，是不是爪子也断了？……

狗 没什么大事……这点小伤明天就不见了……这场战争可真激烈呀！……

猫 （从树后面瘸着出来）确实激烈！……阉牛用角顶了我的肚子！……虽然没有伤痕，可疼得我死去活来的……还有那老不死的橡树把我的爪子都折断了……

狗 是哪只爪子？……

米蒂尔 （轻轻抚摸着猫）好可怜的蒂莱特，你没说谎吧？……你在哪儿？……我刚才没看见你……

猫 （虚伪的）我美丽的小公主，刚才那头猪打算吃你的时候，我要去攻打他却受伤了……然后橡树又打得我头晕眼花……

狗 （对猫小声说）我想和你说点事……你等着，看我怎么收拾你！……

猫 （抱着米蒂尔哭诉）小公主，他恐吓我！……他要伤害我……

米蒂尔 （对狗）你让她过会儿安稳的日子行吗？讨厌鬼……

（全部退场。）

〔幕落〕

第四幕

第一场　幕前

景：幕布上有很多漂亮的云。

〔**幕启**，蒂蒂尔、米蒂尔、光、狗、猫、面包、火、糖、水、奶依次上场。

光　我相信这次终于能得到青鸟了。我最初就应该想到这里的……要不是今天早上的曙光让我恢复了精力，我也不会有这个想法的，它就像天空中一闪而过的闪电般冲进了我的大脑……现在我们看到的这个是魔幻花园，"命运"是这里的守门人，这里承载着人类所有的快乐与幸福……

蒂蒂尔　这里面全是快乐和幸福吗？我们能和他们一起玩吗？他们是和我们一样大的孩子吗？……

光　有大人也有小孩儿，有胖的也有苗条的，有美的也有丑的……前不久，最难看的那个已经被赶到"不幸"那里去了。对了，"不幸"就住在旁边的山洞里，那个山洞和幸福的花园是连在一起的，只有一道薄薄的水汽或者帷幕在中间,那些来自“正义”或者“永恒”深渊的风会经常把帷幕吹起来……现在我们面对的问题就是要有完全的准备，小心行事。通常“幸福”都很容易相处，但是也有特殊的，会比“不幸”里最难缠的家伙还要奸诈、还要危险……

面包 我想到一个主意！如果他们真的那么阴险狡诈，那我们就在门口守候，等到孩子们没办法只能选择逃跑时，这样不是便于我们及时援救吗？……

狗 一点也不好！……我的小祖宗去哪里我就去哪里！……胆小鬼就在门口待着吧！……我们才不要胆小鬼呢！（看向面包）……更不需要奸细！（看着猫）……

火 我也要一起进去！……好像很有意思！……我可以不停地跳舞了……

面包 里面是不是有好吃的？……

水 （带着鼻音）我长这么大从没见过任何“幸福”……今天一定要见一下，哪怕只是最小的那个！……

光 你们安静！没有问你们的想法！……下面我宣布我的决定：狗、面包、糖，你们护送孩子们进去。水总是冷冰冰的，还是别进去了；火太不老实了，也不要进去。奶，我劝你在门外守着吧，你太容易动情了。猫，你想怎么样随便吧……

狗 她心里充满了恐慌呢！……

猫 我要顺便去看看住在“幸福”隔壁的几个“不幸”，我们都是老交情了……

蒂蒂尔 光，你呢？你一起去吗？……

光 我不能直接这样进去，因为我的照射太强烈，他们会不舒服的……我要带上这个厚面纱再进去问候那些“幸福”……（她把一大块面纱铺开，然后耐心地围在身上）我不能让灵魂里的任何一点闪亮使他们受到惊吓，因为很多“幸福”胆子很小，心理承受力也很低……看看，就算是丑的和胖的“幸福”看见我现在的样子，也不会怕我了……

第二场　幸福花园

景：幸福花园的前部分映入眼帘，一个偌大的宫殿里矗立着很多大理石柱，柱子之间挂着沉甸甸的红色幕布，中间用金线粗绳固定着，使得背景被掩盖住。不禁让人想起文艺复兴时期威尼斯或佛兰德尔最淫靡最繁华的时代，即维罗内兹和鲁本斯[①]的时代。殿中满是花环、角形花果篮[②]、流苏、花瓶、雕像、金漆，让人眼花缭乱。正中被金银雕饰的巨大碧玉仙桌占据，摆着烛台、水晶器皿、金银餐具以及玉盘珍馐。人间幸福们把餐桌团团围住，他们欢歌畅饮，甚至有的醉倒在奇珍异果之间。他们每个人都身宽体胖，穿着绫罗绸缎。美丽的女奴们不断地为他们斟酒献舞。粗俗的钢管乐充斥着整个场景，红光弥漫。

〔**幕启，**蒂蒂尔、米蒂尔、狗、面包和糖拥着光怯生生地入场。而猫掀开后台右边的帷幕，安静地消失了。

①维罗内兹(1528—1588年)：意大利威尼斯画派画家；鲁本斯(1577—1640年)：佛兰德尔的大画家。

②一种象征富足的装饰图案，像倒挂的动物角，角口溢满水果。

蒂蒂尔 这些胖胖的先生们吃喝玩乐，好开心的样子，他们是干什么的呢？

光 这是可以看到的肥胖臃肿的人间幸福。虽然不太可能，但是不排除青鸟陶醉在他们中间的可能性。所以还是不要急着旋转钻石的好。我们像往常一样在大殿里搜寻一下。

蒂蒂尔 他们允许我们靠近吗？

光 这个当然。虽然他们很俗气，但是这并不代表他们很凶。

米蒂尔 看他们的点心好像很好吃的样子！……

狗 竟然还有野味！红肠！羔羊腿！小牛肝！……（一本正经）小牛肝简直就是世界上最美、最好吃的东西！……

面包 用面粉做的四磅面包才是最好吃的！……真漂亮！真漂亮！比我还大！……

糖 不好意思，不好意思，我说抱歉……给我个机会让我说……虽然我不想冒犯你们，但是我想说这一桌最亮丽的风景绝对是甜食糖果，它们才是这个大殿中的奇迹，大殿中的奇观……

蒂蒂尔 你看他们多幸福！……醉酒欢歌！……他们不会看见我们了吧？……

（十几个最肥胖的幸福站起来，步履蹒跚地走向孩子们。）

光 不用怕，他们很和蔼的……他们应该是邀请你们入席的……不过你们千万不要接受啊，千万不要忘了自己来这里的目的……

蒂蒂尔 为什么？就连小点心也不可以吗？你看那点心，让人一看就要流口水呢！上面好多奶油，好多糖，看上去很好吃的样子……

光 点心看起来确实好吃，但是它就像毒品一样会毁掉你的意志。如果你想达到自己的目的，不放弃一些东西是不行的。不过你拒绝的时候一定要注意礼貌。他们过来了！……

最肥胖的幸福 （握手的姿势）你好，蒂蒂尔！……

蒂蒂尔 （惊奇地）您竟然知道我的名字？……您是谁？……

最肥胖的幸福 我的名字是有钱幸福，是这里最肥胖的幸福。我的兄弟姐妹们都希望您能够参加我们的宴席，和人间真正肥胖的幸福一起享用美味的点心，请允许我向您介绍他们当中最重要的几位。这是我的女婿私有幸福，他有个极其像梨的肚子；这是满足虚荣心幸福，他有一张人见人爱的脸（满足虚荣心幸福向他们致意，就像一个保护神一样）；这是不渴而饮幸福和不饥而食幸福，他们是一对用通心粉做腿的双胞胎（他们两个鞠躬致意时险些跌倒）；这个听不见别人说话的是一无所知幸福；还有毫不理解幸福，像鼹鼠一样是瞎子；这是一无所为幸福和睡眠过度幸福，他们的手是面包屑形成的，眼睛是蜜桃果子冻做的；最后这位每天都会笑个不停的就是笑胖子了，她的嘴总是裂得大大的……

（笑胖子向他们鞠躬致意时，仍然忍不住大笑。）

蒂蒂尔 （指着另一个肥胖的幸福）那个胆子好像很小的，一直背对着我们的是谁？……

最肥胖的幸福 不好意思，他比较内向，不敢见外人……（牵起蒂蒂尔的手）您可以过来了，下一轮宴席又开始了……已经是今天第十二场宴席了，就差您没出场了……听！大家都在邀请您！……因为人太多就不给您挨个介绍了……（把手递给两个孩子）我领你们去参加宴席吧……

蒂蒂尔 真的很感谢您，幸福先生……但是很对不起……我现在不能过去……我们还有更重要的事情要做，我们在寻找青鸟，请问您有没有见过青鸟呢？

最肥胖的幸福 青鸟啊？……青鸟！……没错，没错……我听别人提起过……这鸟儿好像不太喜欢我们的食物……从来没有在宴会上见过它……这种鸟哪里都有……你们干吗这么急着找它，又不是什么稀奇的东西……不如过来体验一下我们的生活怎么样？……

蒂蒂尔 那你们平时都做些什么呢？

最肥胖的幸福 哈哈，我们一直做的就是什么都不做……我们从来不休息……每天都是吃喝玩乐……

蒂蒂尔 这样做会很开心吗？

最肥胖的幸福 当然……难道还有什么比这更开心的事情吗？……

光 难道没有吗？……

最肥胖的幸福 （悄声对蒂蒂尔说，用手指着光）这个姑娘怎么这么没礼貌？……

（与此同时，一群比最肥胖的幸福稍稍瘦一些的胖子正试图将糖、狗和面包拉入宴席。蒂蒂尔才发现他们正在宴席上吃喝，高兴得乐不思蜀。）

蒂蒂尔 光，快看！……他们吃得多香啊！……

光 糟了，快叫他们停下，不然会出事的！……

蒂蒂尔 蒂洛！……蒂洛！快停下！……你们不要再吃了！……糖和面包，你们怎么能擅自就离开我呢？……你们没听到我的命令吗？……

面包 （满口的食物）你说话从来都这么不尊重我们？……

蒂蒂尔 你？你怎么能称呼我为“你”？……你到底是怎么回事？……蒂洛，你也变得这么不听话了吗？快点回来给我跪下！……快点！……

狗 （在桌子另一边嘟囔着）当我吃东西的时候，哪还管得着其他的，我什么也听不见……

糖 （甜甜的）对不起，可爱的主人，我们只能选择离你而去了……

最肥胖的幸福 怎么样？……看到他们的表现了吧……快来，大家都迫不及待了……你们不应该拒绝我们的……如果你们不愿意，我就只能拖着你们过来了……胖子幸福们，快过来帮我拉住他们！……拖到宴席上去，他们就会知道什么是幸福了！……

（胖子幸福们兴奋地冲过来，用力拉住两个孩子，他们奋力挣扎也是无济于事，而可怜的光则被笑胖子拦腰抱起。）

光 快扭动钻石，不然就来不及了！

（钻石在蒂蒂尔手里转动着。舞台在这一瞬间变得亮起来，一束神秘柔和的光照射上来。前台粗俗的背景和满眼的红色早已消失不见，取而代之的是一个绿草如茵、祥和而宁静的花园，一座雄伟而又美丽的宫殿耸立着。这里鸟语花香，流水潺潺，淡淡的大自然的气息沁人心脾，它明明近在眼前，却让人觉得难以触碰。那些奢侈的宴席早已不知消失在何处。胖子们的锦衣玉冠也随着淡淡的清风飘落，零碎，而惊恐早已将他们脸上的笑容完全替代。他们就像没有气的气球一样，渐渐颓靡下去，他们丑陋的外表，难以入目的身材，被别人彻底看穿，他们再也无法承受这样的刺激，惊恐地尖叫着，而笑胖子再也无法肆无忌惮地大笑了。但是毫不理解幸福却仿佛什么都没有发生过一样，剩下的胖子们无不东躲西逃，想要找到可以隐藏自己的角落。但是在这阳光明媚的花园里，他们又怎么能找到隐蔽的地方呢？无奈之下，胖子们只有穿过遮挡在不幸之洞前的帷幕。当那帷幕一次次地被掀起时，总会听到一阵令人胆寒的诅咒声。再看糖、狗和面包，在这一切变化的时候，早已羞愧得躲到孩子们的身后，不敢见人。)

蒂蒂尔　（庆幸地看着逃跑的胖子们）我的天，他们都好丑！……他们这是去干什么？……

光　我觉得，他们脑袋都出问题了……竟然想要不幸保护他们，他们难道不怕永远出不来吗？……

蒂蒂尔　（惊讶地看着四周的景色）哇！好美丽的花园啊……这是什么地方？……

光　我们并不是去了别的地方，而是眼睛看到的再也不是刚才的场景了……现在我们目之所及才是真正的景色，那些在钻石之光下闪耀的灵魂才是真正的幸福。

蒂蒂尔　真的好美！……阳光明媚！……简直就像是在仲夏的季节……嘘，我听见有人走近我们，不会是找我们的吧？……

(这时，许多天使渐渐在花园里浮现出来，他们就像刚从睡梦中醒来，在草木之间穿梭。他们身上的袍子让人有种想亲近的感觉，闪着淡淡的光，就像是清晨的玫瑰、微笑的水波、晶莹的露珠……)

光　瞧！那几个幸福过来了，他们好可爱，好像对我们很好奇呢……

蒂蒂尔　你知道他们是谁吗？……

光　当然，这里我经常来；但是我却不认识他们……

蒂蒂尔 啊，他们好多人！……到处都是他们的身影！……

光 他们曾经比现在还多。不过现在有很多都被那些肥胖的幸福们给害死了。

蒂蒂尔 不过他们还是有这么多呢……

光 只要钻石能够照射到整个花园，你就会看到他们全部的身影了。幸福本来就是很多很多的，只是因为人们的眼光不够远，只能看到他们的一部分而已……

蒂蒂尔 看，有几个小小的幸福正向我们招手呢，我们去和他们聊天好不好？……

光 不用的，只要是对我们有用的幸福都会自己向我们走过来的，其他的幸福我们没有必要去认识的……

（一群可爱的小幸福兴奋地从绿茵丛中跑出来，又唱又跳，在孩子们周围聚集着。）

蒂蒂尔 你看他们多美！……他们是谁？从哪里来？……

光 他们就是儿童幸福啊……

蒂蒂尔 儿童幸福？那我可以和他们说话吗？……

光 可以说，但是他们听不懂的，他们现在还只会唱歌跳舞和玩耍……

蒂蒂尔 （欢快地又蹦又跳）大家好！大家好！……快看！那个胖胖的小幸福笑得多甜！……他们身上穿的衣服好漂亮啊，脸蛋也这么可爱！……他们都是有钱人吗？……

光 不是的，世界上哪里都一样，大多数的人都是穷人呢……

蒂蒂尔 那都有哪些幸福是穷的呢？……

光 这个我也不知道……但是穿着最漂亮衣服的肯定就是儿童幸

福了。

蒂蒂尔 （激动不已）我可以和他们玩吗？……

光 不行！不行！我们不能再浪费时间了……他们是没有青鸟的……还有，他们都很忙，都有自己的事情要做，你看他们跑远了……因为童年对于谁来说都是短暂而又珍贵的，不能虚度呢……

（还有一群稍稍大一些的幸福，牵着手跑过来，高喊着："他们来了！他们来了！他们看到我们了！他们看到我们了！……"边围着孩子们转圈，边跳着这些人从来没有见过的舞蹈，一会儿，他们的领队和蒂蒂尔握手。）

幸福 蒂蒂尔，你好！……

蒂蒂尔 你们怎么也认识我们？……（对光）为什么你们都知道我们的名字？……你是谁？……

幸福 你不认识我吗？……那我敢说这里的幸福，你谁也不认识……

蒂蒂尔 （脸红红的）我确实不认识……嗯……我不知道在哪里见过你们啊……

幸福 你们看？……我就知道！……他绝对不认识我们！……（所有幸福大笑着）我的小蒂蒂尔，你怎么可能不认识我们呢！……我们每天都陪伴着你啊！……你的生活从来都离不开我们呢！……

蒂蒂尔 啊，原来是这样，我知道你们是谁啊……但是你们可以告诉我你们的名字吗？……

幸福 我知道你什么都不清楚……这些都是每天陪伴着你的幸福们，而我是他们的领队……

蒂蒂尔　啊？我有这么多幸福啊……

（所有幸福都哄然大笑。）

幸福　你们听到了吗？……他竟然不知道自己家里有这么多幸福！……你真是可怜，你们家里是很幸福的呢，多得都快住不下了！……我们每天唱歌跳舞，我们产生的力量都快把屋子撑破了；可是这都是白费力气，你竟然都不知道我们的存在……希望你以后能够认真地看着我们……你可以过来和最有声望的幸福亲近一下……这样你就不会忘记他们了……每当你快乐的时候，你就可以在安静的夜晚鼓励他们、感谢他们，因为如果没有他们，你的生活是不可能得到更多的快乐的……我叫健康幸福……你知道我吗？虽然我不美丽，但是你却不能没有我。……这是新鲜空气幸福，他们是很难看到的……这是孝子幸福，他每天都不开心，穿着一件灰灰的衣服，因为人们都很难注意到他……这是蓝天幸福，他的衣服当然是蓝色的；这是森林幸福，你很容易便可以找到他的，因为当你推开窗子的时候，森林幸福就在你的面前了……这是日照时间幸福，他穿的衣服都是闪闪发光的，能给人们照亮前路；还有春天幸福，他的衣服是最美的，翠绿翠绿的……

蒂蒂尔　你们经常穿着这么美丽的衣服吗？……

幸福　对啊，不管在哪里，不管是哪一天，只要有人在，我就会像星期天一样开心……每当安静的夜晚来临的时候，日落幸福就会出现在人们面前，他可是所有幸福里面最俊俏的呢；接着像古代天神一样的观星幸福就会来了……遇到不好的天气，下雨幸福就会给人们带来快乐，用他身上的露珠滋润人间，冬火幸福会在寒冷的冬天送上自己的温暖……还有好多幸福没有给你介绍，因为他们几乎都是看不到的，都是通体透明的，但是他们是最快乐的，他们就是天真思想幸福……还有……好多好多！……不能给你一一介绍了，因为真的太多了，我现在就去告诉天国大门边上的快乐，你们来了，她还不知道呢……我会让跑得最快的赤脚踏露幸福过去……（赤脚踏露幸福兴奋地跑过来）你赶紧出发吧！……

（就在这时，一个身着黑色紧身衣打扮的小魔鬼跑过来，发出奇怪的声音，他悄悄地靠近蒂蒂尔，扇了蒂蒂尔几个耳光，又踢又踹。）

蒂蒂尔　（呆住了，很是恼怒）这个小魔鬼从哪里来的？……

幸福　好了！好了！你千万不要不高兴……我们认真一些……他不知道也是没有办法的事情，因为很多人都是这样呢……看，赤脚踏露幸福带着快乐来了呢！

（一群身穿闪闪发亮的衣服的天使慢慢走近，她们是那么的美丽端庄。）

蒂蒂尔　她们好美！……但是为什么看不到她们笑呢？……她们不是快乐吗？……

光　最快乐的人不一定要有笑容……

蒂蒂尔　她们到底是什么人？……

幸福　她们就是刚刚和你说的快乐啊……

蒂蒂尔　那她们有自己的名字吗？……

幸福　当然了，我们基本上都是不分开的呢……最前面那个是正义快乐，剔除不义的行为就是她的职责呢，不过最近很少看见她笑了。她后边的是善良快乐，她每天都愁眉苦脸的，但是我们都觉得她是幸运的；她很爱去安慰不幸，如果不让她去，就会不开心呢。右边那个是工作完成快乐，她的旁边是思想快乐。再后面是理解快乐，听说她把自己的兄弟不理解幸福弄丢了……

蒂蒂尔 啊，我见到不理解幸福了！……他去不幸之园了，和那些胖子们一起去的……

幸福 哼！我就知道！……他不再像以前那么单纯了，坏的朋友会把他带坏的……嘘！不要让他的姐妹听到这些，不然她肯定会去不幸之园的……这是审美快乐，她可是我们这花园里最美的一道风景呢……

蒂蒂尔 快看快看，那朵云彩闪着金光，我要跳起来才能看见呢，她是谁？……

幸福 她是爱的快乐啊……不是因为她太远了，而是她太大了，不能看完全的她……

蒂蒂尔 还有那边，那些躲在面纱里，好像很害羞的那个是谁？……

幸福 那是人们从来不知道的不曾认识的快乐……

蒂蒂尔 那他们怎么样呢？……他们为什么不让我们看到呢？……

幸福 快看，有个新的快乐来了，她可是我们这里最最纯粹的快乐呢……

蒂蒂尔 她是谁？……

幸福 你真的认不出来吗？……仔细看看，用你的灵魂去观察她！……她看见你了，她看见你了！……她朝向你跑过来了，想要拥抱你呢！……她就是你母亲的快乐啊，母爱是世界上最最伟大的东西！……

（其他的快乐看见她过来纷纷向她招手，然后悄悄退去了。）

母爱 蒂蒂尔，还有米蒂尔！……你们怎么会在这里，我竟然会在这里看到你们！……真让人吃惊！……在家里的时候我一直很孤独，现在你们来了，看我的灵魂都开始闪光了呢！……快来抱抱妈妈，亲亲妈妈！……再也没有比抱着你们两个更幸福的事情了！……蒂蒂尔，你不开心吗？……米蒂尔，你也不开心吗？……难道你们不认识我了吗？……你们好好看看，这不是我的眼睛、我的嘴唇和我的手臂吗？……

蒂蒂尔 嗯，我看出来了呢……你真的好像是我们的妈妈啊，你比妈妈还美丽……

母爱 嗯，我是会永远保持青春的呢……我只要在这里，就有力量，就可以青春永驻……只要你们一直微笑，我就会一直年轻……在这里什么都可以看见的，不像在家里的时候了……

蒂蒂尔 （惊讶地拥吻她）你的裙子好漂亮，这是什么材料啊？……是绸缎吗？是珍珠吗？……

母爱 傻孩子，这不是用普通的材料做的，只有亲吻、注视和抚摸才能形成这件裙子……你们的吻将为这件裙子增添美丽呢……

蒂蒂尔 好有趣，你真的好有钱啊……你平时把裙子放在哪里了？我们都看不到呢，是不是被爸爸藏起来了？……

母爱 不是的，这件裙子我一直穿在身上，不过是看不出来的呢，只有当你张开眼睛才能看到……每一个爱自己孩子的母亲都是有钱人……母亲总是富有的……她们永远是快乐中最美的一群……给她们的亲吻都会变成她们衣服上的星星呢……

蒂蒂尔 （好奇地看着她）嗯嗯，真的呢，星星都跑到你的眼睛里去了……你的眼睛好漂亮……你的手上什么时候有了戒指的呢？……啊，你被烧伤的疤竟然也不见了……多细腻、多白嫩的手啊！……你一定没有干很多活吧，像在家里一样？……

母爱　这就是我的手啊，一直没有变过啊，只要用它来抚摸着你们，它就会越来越美丽了……

蒂蒂尔　呀，妈妈，你的声音怎么也变得这么清脆动人了呢？……

母爱　在家里的时候很忙，没有时间这么和你们说话啊……不过即使没有说，你们也是可以体会到的吧……如果你们回家看到我穿着朴素的时候，你还会记得我吗？……

蒂蒂尔　我不要回去……你去哪，我就去哪，我不要回去……

母爱　可是我就住在人间啊，你们也一样要回去的……你们来这里的目的不就是为了看到真实的我吗？……我的蒂蒂尔，你懂吗？……你觉得我们是在天国吗？无论什么地方，只要有我，有你们，就都是天国呢……母亲是只有一个的……她总是最美丽的……不过你们是怎么到这里的呢？人们总是费尽心思想要到天国来，却都找不到路，你们为什么会在这里？……

蒂蒂尔　（指着光，光为了避免麻烦，躲了起来）是她带我来的……

母爱　她？……

蒂蒂尔　她就是光啊……

母爱　我为什么没见过她呢？……她是不是很和蔼？她喜欢你们两个吗？……她为什么不敢见我呢？……是害怕我吗？……

蒂蒂尔　她是怕幸福们不敢见她，怕她刺眼……

母爱　真是的，我们都在等她啊！……（把所有快乐集结起来）过来，过来，我的姐妹们！过来，光在这里，大家都过来啊！……

（快乐们都一阵惊喜，大喊着“光真的来了！……就是光呢！……”）

理解欢乐 （奋力地挤出一条路，上前抱住光）您怎么不早说呢？我们竟然不知道您就是光！……我们等您等得好辛苦啊！……您知道我们？……我是理解快乐呀！……虽然我们自己是快乐，但是没有您在，我们没有办法看到除了自身以外的其他东西呢……

正义欢乐 （抢着抱光）您认识我吗？……我就是正义快乐啊！我都想死您了……我们是快乐，可是没有您我们却无法看清楚除了影子以外的东西……

审美欢乐 （同样上前拥抱）您记不记得我呢？……我是审美欢乐啊，我一直都很崇敬您呢……我们虽然是快乐，但是没有您我们看不到除了梦幻以外的东西……

理解欢乐 你看！你看！我们大家等你都等得急不可耐了……虽然我们都很纯洁，都很理智……但是，请您让我们看看我们最深处最真实的一面，只有您能够帮我们了……我们给您跪下了……我们愿忠诚地服侍您，望您给我们应得的奖赏吧……

光 （露出自己的面庞）我美丽的姐妹们，我知道你们的梦想，但是我不能擅自决定啊，主人吩咐过我……现在还不是时候，不过我想应该不远了，到时我会以最真实的自己来见你们……现在只能和你们分开了，不过我相信在不久的将来，我会再次站在你们的面前，一一亲吻我的姐妹们……

母爱 （感激地抱着光）感谢您一直以来对我两个孩子的照顾……

光 不用谢我，因为是你们的相亲相爱让我不由得想对他们好……

理解欢乐 （走近光）可以给我最后一个吻吗？……

（光和理解快乐拥抱着，仿佛时间就在此刻停止，眼角不知何时早已湿润。）

蒂蒂尔 （好奇）你们怎么都掉眼泪了呢？……（左看看，又看看）哎，你们怎么都开始哭了呢？……大家有什么伤心的事情吗？……

光 好了，我的孩子，不要说了……

〔幕落〕

第五幕

第一场　幕前

〔**幕启，**蒂蒂尔、米蒂尔、光、狗、猫、面包、火、糖、水、奶依次上场。

光　刚才我收到了仙女传来的消息，青鸟大概在这里……

蒂蒂尔　就这儿？……

光　就是这里，这里有一块墓地……听说是一个坟墓的主人把青鸟藏在里面陪他……现在还不知道到底在哪一个墓里……所以必须一个一个检查……

蒂蒂尔　一个一个检查？……那要怎么做？……

光　很简单，为了尽量少给那些死人制造些麻烦，半夜的时候你只要转动钻石就行。然后有的死人会从坟墓里出来，当然也有的死人依然会在坟墓里不动……

蒂蒂尔　这样会不会惹怒那些死人？……

光 不会的！他们不会有任何感觉……他们都喜欢半夜里出来走动，虽然他们讨厌有人制造麻烦，但是并不觉得难为情……

蒂蒂尔 你们怎么了？怎么不说话了？面包、糖还有奶，你们脸色看起来不太好……

奶 （脚步虚浮）我有些晕……

光 （悄悄告诉蒂蒂尔）别管他……他那是被死人吓的……

火 （跳得很欢）我可不怕死人呀！……我以前经常烧死人的……都习惯了……不过那时候可比现在有意思多了……

蒂蒂尔 蒂洛怎么也在战抖？……他竟然也感到害怕？……

狗 （牙齿剧烈战抖）在说我吗？……哪里发抖了？……在我的字典里就没有害怕两个字，我的小祖宗到哪里我就跟到哪里去……

蒂蒂尔 猫怎么不吱声了？……

猫 （神秘兮兮的）我弄明白怎么回事了！……

蒂蒂尔 （看向光）你陪我们一起进去吗？……

光 我不去了，就你和米蒂尔两个人进去吧。现在还没到天亮的时候……我不能擅自闯进私人的区域……所以我最好和他们一起守在墓地前……

蒂蒂尔 蒂洛不陪我们一起吗？……

狗 我要一起！……我要进去！……我要和小祖宗在一起……

光 这可不行！……仙女说得很明白不允许我们进去！……况且里面也不危险……

狗 那好吧！哎，那还是算了……但是我的小祖宗，如果那些死人很可怕的话，你只要吹个口哨，我立刻就去救你……就和之前在树林里似的，汪！汪！汪！……

光　好了，我们要和你们道别了，亲爱的小家伙们……我们离你们很近……（她给两个孩子拥抱）对于那些爱我的人和我所爱的人，我会随时出现的……（对剩下的各位）我们从这边走吧……

（光带领其余各位下场，只留下蒂蒂尔兄妹二人，他们站在舞台中间。幕启，第二场的场景呈现出来。）

第二场　墓地

景：夜色下的乡村墓地，有很多坟墓，在月光下可以看到那些布满青草的木十字架和木制的墓碑，以及上面的墓盖等。

〔**幕启，**蒂蒂尔和米蒂尔在一块墓碑前停下。

米蒂尔　我怕！

蒂蒂尔　（内心恐慌）你哥哥我，一直都很勇敢的……

米蒂尔　那你说，死人是不是很可怕？……

蒂蒂尔　不可怕，他们又不是活人……

米蒂尔　那你以前见过死人吗？……

蒂蒂尔　见过，记得之前见过一次，那时候我还很小……

米蒂尔　那你告诉我，长什么样？……

蒂蒂尔　很安静，再也不会说话，而且浑身发白，看起来冷冰冰的……

米蒂尔　那我们很快就要见到死人了是吗？……

蒂蒂尔　当然了，光不是告诉我们了嘛……

米蒂尔　死人在哪里？……

蒂蒂尔　就在这里，在这些长满草的地底下或者在石碑下面……

米蒂尔　他们长年累月都在那里吗？……

蒂蒂尔　没错。

米蒂尔　（用手指向石板盖）这就是他们家的大门吗？……

蒂蒂尔　对！

米蒂尔　他们会在天气好的时候出门吗？……

蒂蒂尔　只有到了晚上他们才能出门……

米蒂尔　为什么？……

蒂蒂尔　因为他们只有睡衣可以穿……

米蒂尔　那下雨时候他们还出门吗？……

蒂蒂尔　下雨了，他们只能在家里了……

米蒂尔　那他们的家好不好？……

蒂蒂尔　听说很拥挤……

米蒂尔　他们有孩子吗？……

蒂蒂尔　有啊，那些死孩子都是他们的……

米蒂尔　他们怎么过日子呢？……

蒂蒂尔　他们吃草根过活……

米蒂尔　我们很快就会见到他们了是吧？……

蒂蒂尔　是的，我一旦转了钻石就可以看见了。

米蒂尔　他们会和我们说话吗？……

蒂蒂尔　什么也不会和我们说，他们压根儿不说话……

米蒂尔　他们为什么不说话？……

蒂蒂尔　因为他们没有什么想说的……

米蒂尔　他们为什么没有想说的？……

蒂蒂尔　你怎么没完没了？……

（静场）

米蒂尔　你打算什么时候启动钻石？……

蒂蒂尔　你刚才不是也听见了，光说尽量少给他们带来些麻烦，所以要在半夜行动……

米蒂尔　为什么半夜时候麻烦会少些？……

蒂蒂尔　因为他们都在那时候出门的……

米蒂尔　还没到半夜吗？……

蒂蒂尔　你能看见教堂上的时间吧？……

米蒂尔　能看得很清楚，就连秒针都看得见……

蒂蒂尔　哎呀！半夜的钟声马上就要响起来了！……正好到了！……你听见钟声了吗？……

（远处传来十二声钟响。）

米蒂尔　我想离开这里！……

蒂蒂尔　现在已经走不了了……我马上就要转动钻石了……

米蒂尔　不！等一下！……先别转！……　我要离开！……哥哥，我好怕！……我心慌得要死！……

蒂蒂尔　可是不会发生什么可怕的事情的……

米蒂尔　我不要看见死人！……我不要看见死人！……

蒂蒂尔　那好，你把眼睛闭上吧！这样就看不见他们了……

米蒂尔　（用力拽着蒂蒂尔的衣角）哥哥，我站不稳！……我好害怕！……死人马上就要从地底下钻出来了！……

蒂蒂尔　你放松一点！……他们不会在外面待很久……

米蒂尔　可是你抖得也很厉害！……他们肯定很吓人！……

蒂蒂尔 时间到了，否则就会错过时机……

（蒂蒂尔转动了钻石，有一段时间什么都没有动，静谧得令人心慌；过了一会儿十字架晃动起来，石板盖被掀起来，土堆也从中间开始裂开。）

米蒂尔 （慢慢蹲下来凑近蒂蒂尔）他们来了！……他们来了！……

（此时，在裂开的坟墓中有一朵花缓缓地绽放，开始的时候像稀薄而不稳定的水汽，然后变成白色，继而变得色泽鲜艳，然后越来越高，越来越旺盛，那些花簇拥在一起，光鲜夺目。花以这种势如破竹的气势将周围的一切都覆盖住，瞬时整片墓地变成了一个魔幻花园。不一会儿，曙光升起，露珠折射出晶莹的光芒，满园的花开得热烈，蜜蜂在花间扇动着翅膀飞舞，一阵风过，叶子发出瑟瑟的响声，鸟儿也在此刻醒来，它用优美的嗓音唱出那首献给太阳和生命的颂歌。蒂蒂尔和米蒂尔被眼前的一切眩花了双眼，他们目瞪口呆，然后在花园里手拉着手寻找着坟墓。）

米蒂尔 （走在草丛中寻找）哪里有死人啊？……

蒂蒂尔 （也在认真找着）没有啊……

〔幕落〕

第三场 未来国度

景：一群即将出生的孩子聚集在一起，在天空之宫的几座大殿中默默等待着。绿松石的穹顶用一望无际的碧玉圆柱支撑着。这里的一切都显现出虚幻的深青色，无论是光线还是青石板，抑或是最远处的星星点点的拱门，乃至那些比较小的物件，无不展现出淡淡的仙境意味。唯有一些柱头、柱座、拱心石、几张座椅和几只圆形的凳子由白色大理石和纯白玉石打造。几扇乳白色的大门耸立在右边的柱子间。在这一幕要结束的时候，这些大门将被时间推开，面向现实生活和曙光码头。大殿被一群身穿青色长袍的孩子挤满，他们有的沉思，有的交谈，有的玩耍，有的只是无聊地散步；甚至有不少孩子埋头于柱间，执着于未来的种种发明；无论是他们制造的工具、仪器还是器械，甚至他们培植的花卉、果实，都闪着异乎寻常的青色的光，与整座宫殿的气氛显得无比和谐。也有一些身材姣好的绝色女子，在这些身穿淡青色透明衣服的孩子中间安静地走着，她们应该就是天使了吧。

〔**幕启，**光、蒂蒂尔还有米蒂尔蹑手蹑脚地从左边溜到柱子前。但那些青衣孩子们还是发现了他们，他们立刻开始骚动起来，只片刻，孩子们就从四面聚集过来，将这几个不速之客团团围住，无比好奇地盯着他们。

蒂蒂尔　面包、糖和猫去了哪里？……

光　他们是不可以进来的，如果被他们知道了未来，他们就不会再服从我们了……

蒂蒂尔　那狗也不行吗？……

光　如果让他知道了自己未来的命运，恐怕也会有麻烦……他们现在都被我关在教堂的地下室了……

蒂蒂尔　那我们这是在什么地方？……

光　这里是未来王国，而这些都是些还没有出生的孩子们。既然我们可以暂时看到平时看不到的东西，那在这里找到青鸟也不是什么不可能的事情……

蒂蒂尔 没错，既然这儿什么都是青色的，那鸟儿应该也是青色的吧……（环顾四周）我的天，这里的一切竟是如此美妙……

光 看，孩子们跑过来了……

蒂蒂尔 他们是不是不高兴了？……

光 应该不是吧……你看他们都是微笑着跑过来的，但是他们好像很吃惊……

青衣孩子 （越来越多）他们竟然是活在世上的小孩子……大家快来看！……

蒂蒂尔 为什么他们叫我们“活在世上的小孩子”？……

光 因为他们都是还没有出生的孩子啊……

蒂蒂尔 那他们在这里做什么？……

光 他们这是在等着自己出生的那一刻……

蒂蒂尔 出生的那一刻？……

光 不错，所有在地球出生的孩子最初都是在这里的。他们在这里默默等待着自己出生的时候……一旦有哪个父母想要孩子了，右边的那些大门就会打开，孩子们就会从那里下去……

蒂蒂尔 竟然有这么多孩子！太不可思议了……

光 还有很多你没有看到的孩子呢……将会有多少孩子在世界末日之前出生……谁也数不清……

蒂蒂尔 那这些穿着青衣的女子又是什么人？……

光 这个我也不知道……应该是守护他们的人吧……据说她们是在人类降生之后出现的……但这些我们是不能去问她们的……

蒂蒂尔 为什么不能问？……

光 因为这可是关于地球的机密……

蒂蒂尔　那我们可以和这些孩子说话吗？……

光　当然，应该可以和他们聊聊……看，这个孩子好像很好奇……你过去和他聊聊吧……

蒂蒂尔　那可以和他说些什么呢？……

光　说什么都可以，就和我们平时说话一样……

蒂蒂尔　握手可以吗？

光　当然可以，他不会伤害你的……喂，你自然一些好不好……我想我们还是走吧，这样可以随便一些……我恰好也有些事情要和那位青衣女子谈谈……

蒂蒂尔　（走近那个青衣小孩，和他握手）你好！……（用手指去摸孩子的青衣）你们穿的这是什么？……

青衣小孩　（怯生生地去触碰蒂蒂尔的帽子）这个是什么？……

蒂蒂尔　这个啊？……这是我的帽子……你们这里没有帽子吗？……

青衣小孩　没有见过呢，它有什么用？……

蒂蒂尔　当和别人说“你好”时，就要用到它了……当然，戴着它也可以抵御寒冷……

青衣小孩　什么是冷呢？

蒂蒂尔　就是像这样“咯咯咯”浑身发抖的时候……还有就是要朝手上呵气，手臂要这样屈伸的时候……（他用劲屈伸手臂）

青衣小孩　在地球上冷吗？……

蒂蒂尔　冷呀，在没有生火的冬天会很冷很冷……

青衣小孩　冷为什么不生火呢？……

蒂蒂尔　因为生火需要柴，而柴是需要用钱买的……

青衣小孩　钱是什么？

蒂蒂尔　就是用来买你想要的东西的物品……

青衣小孩　这样啊！……

蒂蒂尔　但不是所有的人都有钱，有的人有很多很多钱，有的人却一点都没有……

青衣小孩　那又是为什么？……

蒂蒂尔　因为只有富人才会有很多钱啊……你是富人吗？……你现在多大？……

青衣小孩　我不久就要出世了……大概在十二年以后吧……出世好不好玩？……

蒂蒂尔　嗯，当然了！……出世可以做很多有意思的事情！……

青衣小孩　你还记得你出世的事情吗？……

蒂蒂尔　记不清楚了……毕竟这么长时间，而且那时还太小！……

青衣小孩　我听说地球可美了，世上的人也很美！……

蒂蒂尔　嗯，确实很美呢……有点心，有玩具，还有会飞的鸟……

青衣小孩　我还听说孩子的母亲每天都会在门口等自己的孩子回家……那些母亲都很慈祥，是真的吗？……

蒂蒂尔　嗯嗯，当然是真的！……母亲可好了，比什么都好！……奶奶也是这样；不过他们都很早就去世了……

青衣小孩　她们要去世的吗？……去世又是什么？……

蒂蒂尔　去世就是有一天晚上她们走了，再也不会回来了……

青衣小孩　为什么？……

蒂蒂尔　这个我也不知道……可能是她们去做别的事情了吧……

青衣小孩　那你的是不是也去世了？……

蒂蒂尔　我的奶奶吗？……

青衣小孩　你的妈妈或者你的奶奶……

蒂蒂尔　噢，他们是不一样的！……奶奶会先去世；去世是一件让人很伤心的事情……我的奶奶对我可好了……

青衣小孩　呀，你的眼睛怎么啦？……怎么会滚出珍珠来？……

蒂蒂尔　啊？珍珠？这不是珍珠……

青衣小孩　那你怎么了？……

蒂蒂尔　没，没怎么，只是这些青色的东西让我的眼睛有些不舒服……

青衣小孩　这个叫什么？……

蒂蒂尔　什么东西？……

青衣小孩　喏，你眼睛里掉出来的东西……

蒂蒂尔　那只是一些水罢了……

青衣小孩　水会从眼睛里出来吗？……

蒂蒂尔　嗯，是的，哭的时候眼睛里就会出现水了……

青衣小孩　那你为什么会哭呢？

蒂蒂尔　我呀，我没有哭啊；只是这些青色的东西刺激了我的眼睛，都是它们不好……不过哭的时候也是这个样子的……

青衣小孩　人都会经常哭的吗？……

蒂蒂尔　女孩子都总是哭呢，不过男孩子就不会了，男孩子都比较坚强……你们这里的孩子从来不哭的吗？……

青衣小孩　不会，我们不知道怎么才能哭……

蒂蒂尔　嗨，哭可简单了，到你出世的时候不用学就会了……你身上这些青色的大翅膀好有趣，是用来玩的吗？……

青衣小孩 这个呀，是不是很有趣？……它是我到地球以后要发明的玩意儿……

蒂蒂尔 发明？你好厉害……你都发明过什么东西呢？……

青衣小孩 你不知道吗？……等我出世以后，一定要发明一样东西，使每个人都幸福……

蒂蒂尔 是不是好吃的东西？……或者是会发出声音吗？……

青衣小孩 不会不会，什么都听不到……

蒂蒂尔 那好遗憾啊……

青衣小孩 我几乎天天都在研究它……就快要完成了呢……你想不想参观参观？……

蒂蒂尔 当然当然……它在哪？……

青衣小孩 喏，就在那边，那两根柱子中间，很容易看得到呢……

另一个青衣小孩 （扯着蒂蒂尔的袖子说）喂喂，你想不想看看我的发明？……

蒂蒂尔 想啊想啊，你发明了什么？……

第二个青衣小孩 都在这些青色瓶子里了……它们可是延年药哦，一共三十六种呢……

第三个青衣小孩 （突然从人群中跳出来）我发明了一种从来都没有人见过的光呢！……（他全身燃烧着奇异的火焰）是不是很神奇？……

第四个青衣小孩 （拽着蒂蒂尔的手）快来快来，我的机器是没有翅膀的，但是可以飞呢，是不是很厉害？……

第五个青衣小孩 不行，不行，先来看我的好不好？月亮上藏的宝藏它都可以轻松地找到呢！……

（蒂蒂尔和米蒂尔被一群青衣小孩围住，大家都在说“我的最有用了，先看我的！……不行，我的更好看！……我的绝对是你们从来没见过的！……我做的吃的可甜了！……他们的都好没意思的……他的发明是抄袭我的！……”等之类的话。两个世上的孩子被簇拥着走进同样闪着青色光芒的车间里，耳边萦绕着纷乱的叫喊声；车间里，每个小孩子都是发明家，他们都为着自己的梦想而努力着。伴随着淡青色的虚幻的烟雾，各式各样的古怪发明开始旋转起来，灰青色机轮、机盘、飞轮、齿轮和皮带，应有尽有。缤纷错杂的机器在苍穹之上飞翔，展示着自己独有的飞行技术，也有些在柱子下展示着各自不同的姿态。青衣小孩们都迫不及待地拿出自己设计的图纸，揭开青色的遮拦，他们捧来仿佛是用绿松石和蓝宝石做成的水果和花卉。）

一个青衣小孩 （佝偻着身子，背上背着一棵巨大的雏菊）来看看我培植的花！……

蒂蒂尔 哇，这是什么花？……我怎么从来没见过……

青衣小孩 这是雏菊啊！……

蒂蒂尔 雏菊怎么可能这么大？……他们大得就像车轮一样……

青衣小孩 你闻闻它，好香呢！……

蒂蒂尔 （凑近陶醉地闻了闻）真的好香！……

青衣小孩 等我到地球的时候，这个雏菊会长得更大……

蒂蒂尔 你什么时候出世呢？……

青衣小孩 再过五十三年四个月零九天吧……

（这时，又走过来两个小孩子，每个小孩扛着一串好大好大的葡萄，就像一个放在竹竿上的大吊灯。)

扛葡萄的青衣小孩 你看我拿的是什么?……

蒂蒂尔 这应该是一大串梨吧!……

扛葡萄的青衣小孩 哈哈,想不到吧,这可是一大串葡萄!……等我到三十岁时,就会长这么大了……我已经知道怎么培育它了……

另一个青衣小孩 (很吃力地挎着一篮子苹果,大的像西瓜)快来,快来!……看看我的苹果怎么样?……

蒂蒂尔 这不是西瓜吗?……

挎苹果篮子的青衣小孩 当然不是!……这可是苹果啊,不过这还不算是最大的!……等我出世的时候,苹果会变得更大……我已经掌握了方法!……

另一个青衣小孩 (推着装满比南瓜还大的青色甜瓜的车子)看看我的小甜瓜怎么样?……

蒂蒂尔 这难道不是南瓜吗?……

推甜瓜小车的青衣小孩 等到去地球的时候,甜瓜都会像这么大的!……我到时一定会当上九大行星国王的园丁……

蒂蒂尔 九大行星国王?……他是谁?……

推甜瓜小车的青衣小孩 就是统治了九大行星三十五年的国王,他会给人们带来幸福。

蒂蒂尔 他在哪?

九大行星国王 (骄傲地站出来,撑起他那看起来只有四岁的小身子,很费力地才能站稳脚跟)我在这!

蒂蒂尔 嗨!你个子好小……

九大行星国王 (严肃地,以一副伟人的口吻)我将来的事迹必然比个子伟大。

蒂蒂尔 那你准备做什么呢?

九大行星国王 哈哈，我想建立起管理整个太阳系的星星总联邦。

蒂蒂尔 (呆呆地，很吃惊)啊，当真?

九大行星国王 当然是真的，到时候我会管理所有的行星，不过土星、天王星和海王星距离比较远，无法到达。

(他大模大样地离开了。)

蒂蒂尔 这个国王好有意思……

一个青衣小孩 嗯，他确实很有意思呢，你快看那边那个孩子!

蒂蒂尔 哪一个?

那小孩 就是睡在柱子脚下的那一个……

蒂蒂尔 他怎么啦?他将来也是一位伟大的人吗?

那小孩 他会让地球上的人们知道什么是真正的快乐，然后把快乐带给他们……

蒂蒂尔 怎么才能把快乐带给别人呢?……

那小孩 当然是通过一种从来没有过的方式……

蒂蒂尔 你看你看，那边那个一直在挖鼻子的小孩子，看他胖胖的好可爱，他以后要干什么呢?……

那小孩 他也会是一个伟大的人，等到太阳上的火燃尽了，他会找到另一个火源，重新温暖地球上的人们……

蒂蒂尔 那两个一直手拉着手接吻的孩子，是兄妹俩吗?……

那小孩 不是，他们两个很有意思……他们是情人关系呢……

蒂蒂尔 情人是什么东西?……

那小孩 这个我也不懂……是时间这么叫他们的，好像是为了取笑他们……他们每天深情对视，一直说要再见，却总是不分开……

蒂蒂尔 为什么要说再见呢？

那小孩 应该是他们不能一起走吧……

蒂蒂尔 那边有个小孩子一直在吃自己的大拇指，脸蛋红彤彤的，他又是做什么的？……

那小孩 据说他是地球上的正义守护者……

蒂蒂尔 真的啊？……

那小孩 嗯，应该是一件了不起的工作呢……

蒂蒂尔 那个小孩子好像看不见路，他是盲人吗，走路有点像蝙蝠？……

那小孩 现在还不是，不过将来他会变瞎的……你可以仔细看看，据说他会战胜死神呢……

蒂蒂尔 我不懂，什么是战胜死神？……

那小孩 这个我也不明白，反正是件大事情就对了……

蒂蒂尔 （指着一群正在睡觉的孩子）那这些睡觉的孩子呢？好多啊！……他们每天都不用做事情的吗？……

那小孩 他们不是在睡觉，而是在思考……

蒂蒂尔 思考？都思考些什么东西呢？……

那小孩 他们在思考应该带些什么东西去地球，这里是不允许空手去地球的……

蒂蒂尔 还有人管这些吗？……

那小孩 嗯，时间管理着这里的事情，他会站在门口……他打开门的时候你就会看见的……他是个很顽固的人……

一个小孩 （从大殿尽头跑来，穿过人群）你好，蒂蒂尔！……

蒂蒂尔 嗨！……他是怎么知道我叫什么的？……

那小孩 （跑过来的小孩，亲热地拥抱蒂蒂尔和米蒂尔）你们好！……你们身体好吗？……来，米蒂尔，你也来拥抱我！……你一定在怀疑为什么我知道你的名字吧，因为我是你未来的弟弟呀……刚刚有人告诉我你在这里……我刚刚在整理自己的思想……你可以回去告诉妈妈，我已经准备好做她的孩子了……

蒂蒂尔 啊？……你将来会到我们家吗？

那小孩 嗯，就在明年的棕榈节[①]呢，应该是礼拜天……我小的时候你可不能欺负我呀……我好高兴可以在这里见到你们……提前告诉爸爸，帮我把摇篮修好哦……能不能告诉我我们家里好吗？……

蒂蒂尔 嗯，我们家里可好了……尤其是妈妈！……

那小孩 有没有好吃的？……

蒂蒂尔 那要看情况……有时候会有点心吃呢，是这样吗，米蒂尔？……

米蒂尔 要在元旦和七月十四日……妈妈会做好吃的点心给我们……

蒂蒂尔 你口袋里装的是什么东西？……是不是给我们带的好吃的？……

那小孩 （很是骄傲）我带的可不是吃的，而是三种病，猩红热、百日咳和麻疹……

蒂蒂尔 啊！就是这些！好可怕！……你带着他们想干什么啊？……

那小孩 我就要走了……

蒂蒂尔 这么快就走？那值得来吗？……

那小孩 这些也不是我自己能够选择的……

（就在这时，一阵清脆的连续不断的声音从柱间的大门里传来，同时一束耀眼的光芒照在柱子和大门之间。）

---

①东正教的宗教节日，在俄历十月一日。

蒂蒂尔 这是怎么回事？……

一个青衣小孩 那是时间！……他快要开门了！……

（在小孩子中引起很大的骚动，他们大多停下自己的工作，走向乳白色的大门前，正在睡觉的孩子们也纷纷醒过来。）

光 大家快躲到柱子下面……不然时间很容易发现我们的……

蒂蒂尔 这到底是什么声音？……

一个小孩 曙光起床了，他一起床就会发出这样的声音……而那些今天要出生的孩子们就要去地球了……

蒂蒂尔 好神奇，那他们怎么下去呢？……用梯子？……

那小孩 一会你就知道了……时间把门打开了……

蒂蒂尔 时间是什么人？……

那小孩 他是一位老公公，他会来叫需要去地球的孩子们……

蒂蒂尔 他会不会很凶？……

那小孩 不会凶的，但是他不理你说什么……他做的一切都是按照规则办的，违反规则的事情他都不会允许的，很多想去地球却没轮到他们的孩子都被时间阻止在门外了……

蒂蒂尔 每个孩子都想去地球吗？

那小孩 留在这里很难受的，不过走的时候也很难受……快看！……门开了！……

（随着乳白色的大门缓缓打开，来自地球的声音缕缕传来，像是古老的和弦，悠扬，绵远。这时，大殿内射进来一束红绿交杂的光，而时间老人就站在门槛上，他身材挺拔，胡须飘拂，左右手分别拿着一把镰刀和一个沙漏；透过大门，由玫瑰色云雾形成的码头依稀可见，曙光就在那闪着金光的帆船的顶端。）

时间 （站在门槛）今天出生的孩子们都有没有准备好？……

一部分青衣小孩 （兴奋地从各地涌来）准备好了！……准备好了！……准备好了！……

时间 （用严厉的口吻对准备好的孩子们说）一个挨一个！……怎么排队的孩子又比应该走的多了！……什么时候走不都是一样的嘛！……你们谁都不要想着蒙混过关！……（推出一个孩子）今天没有轮到你！……你是明天出生的，今天不能走……你也不是，十年之后再过来吧……你想做十三牧童？……今天只需要十二个；再多也要不了，现在不是忒俄克里托斯或维吉尔[①]的时代……你想做医生？……医生已经够多了，地球上已经塞不下了……哪里有工程师？……现在需要一个正直的人，只需要一个，好奇怪……正直的人没有了吗？……是你呀？……（那小孩点点头）我看你身体这么虚弱……你会活不长的！……你们这些孩子都慢些，不要走得太快！……你呀，你带着什么？……什么也没有？什么也没带？……没带东西的一律不准去地球……要准备好一样东西，大罪也行，疾病也行，什么都可以……总得有样东西……（注意到有个孩子，其他小孩都在推他向前，他却竭力往后退缩）喂，你不想去地球吗？……今天可是轮到你出生了……地球需要一个维护正义的人，而你就是这个孩子，你必须要走的……

众青衣小孩 先生，他还不想去地球……

时间 为什么？……去地球不好吗？……这个小不点到底想干什

①忒俄克里托斯（约公元前310—前245年），古希腊田园诗人；维吉尔（公元前70—前19年），古罗马诗人。

么？……别再拖时间了，我没空理你们……

被推着走的孩子 不，不！……我不要走！……我不想去地球！……我要留在这里！……

时间 不行……你的时间到了，时间到了！……轮到你，你就得走！……

一个小孩 （走上前）啊！让我过去吧！……我可以顶替他！……我听说我的爸爸妈妈都快老了，我不想让他们等那么久！……

时间 这不符合规矩……不能顶替……如果你们想怎么样就怎么样秩序会乱的……有的想走，有的不想走……（推出几个挤进去的小家伙）别靠这么近，孩子……往后一点，不要急……不走的孩子外面没有什么好看的……现在急着走，等轮到你们却又不敢走，真是麻烦……瞧，这四个孩子怎么一直发抖……（对一个就要跨出门槛，又突然往后缩的小孩）喂，怎么啦？……你怎么回事？……

那小孩 我忘记带装我自己罪名的盒子了……

另一个小孩 我也忘了带小罐，我把开导人们的思想放在里边了……

第三个小孩 哎呀，我忘了带我最好的梨树嫁接枝……

时间 快去，快去！……还有六百零十二秒……曙光之船就准备出发了……你们如果迟到就再也不能出生了……大家都赶快上船！……（有个小孩想从他裤下钻到码头上去，被他一把抓住了）回去，回去！还没轮到你呢！……这已经是你第三次了……如果你再违反规定，就让你去永恒那里等着，永远不能出生……所有人都准备好了吗？……都找好自己的位置站好……（看了一圈已经上船的孩子们）怎么还少一个？……我一眼就能找到你……不要藏了……快去和你的情人告别吧……

（那两个情人小孩拥吻着，脸色惨白，似是生离死别的绝望，他们一同迈着沉重的步子走向时间，跪在他脚边。）

第一个情人 时间先生，求你让我留下和她一起吧！……

第二个情人 时间先生，求你让我和他一起走吧！……

时间 不行！……我们只剩三百九十四秒了，你们快些告别吧……

第一个情人 我宁愿不生！……

时间 这由不得你……

第二个情人 （哀求）时间先生，我真的走得太晚了啊！……

第一个情人 她出生的时候我已经不在人世了，求求你让我们一起吧！……

第二个情人 如果不能一起走，我们就再也不能见面了！……

第一个情人 我们只能单独活在世界上！……

时间 这些都不是我能决定的……你们可以去向生命求情……我也只是按吩咐来进行结合和分离……（抓住第一个情人）快走！……

第一个情人 不，不，不要！……我们要一起走！……

第二个情人 （攥住第一个情人的衣服）求你让他留下！……让他留下好不好！……

时间 行了，行了！这又不是去死，是去投生！又不是什么坏事……（把第一个情人拖走）快走！要出发了……

第二个情人 （疯狂地拥着被拽着的小孩）告诉我！……告诉我！……告诉我怎么才能再见到你！……

第一个情人 我会永远爱你！……

第二个情人 我将是最忧伤的人！……我相信我们会彼此找到的！……

（她颓靡地坐在地上，仿佛灵魂被抽空了一般。）

时间 你们会有希望再见面的……现在就这样了……（看了看手里拿着的沙漏）还有六十三秒的时间，我们就要出发了……

（留下和要走的孩子们互相拥抱）大家纷纷道别："再见，皮埃尔！……再见，让……""准备的东西都带上了吧？……让人们先熟悉一下我的思想！……""你没忘带什么东西吧？……""等我出生的时候你一定要找到我！……""我一定会的！……""不要忘了自己准备好的东西！……""注意安全！……""到时候一定要保持联系啊！……""据说很难啊！……""可以的，可以的！……你一定不要忘记我！……""到了人世上，要告诉我你的情况啊！……""我不久就可以去找你了！……""我一定会是一国之君的！"……

时间 （威武地挥动着他的镰刀和手上的钥匙）好了！好了！……时间到了！出发！……

（曙光之船开动了，渐渐从孩子们的视线里消失。船上的声音渐渐淡去："地球！……地球！……我看见地球了！……地球原来这么漂亮！……地球多明亮呀！……地球多大呀！……"远方，一缕缕期盼的歌声传来，似天籁，似穹音。）

蒂蒂尔 （对光）这是什么歌声？好温馨……不像小孩子的声音……是哪里传过来的？……

光 嗯，这不是小孩子的声音，是母亲们迎接他们的歌声啊……

（乳白色的大门"吱呀吱呀"地关闭了。他不经意地向后一瞥，骤然发现蒂蒂尔、米蒂尔和光。）

时间 （从惊讶转为愤怒）怎么回事？……你们是干什么的？……哪里来的？……你们为什么不穿青衣？……你们是怎么进来的？……

（他面目狰狞地举起手中的镰刀。）

光 （对蒂蒂尔）不要理他！……我已经找到青鸟了……把它藏在我的披风下了……我们走吧……只要有钻石，他是找不到我们的……

（他们三个从柱子的左边绕走了。）

〔幕落〕

第六幕

第一场　离别之语

景：一堵设有小门的墙置于台上。丝丝晨曦透门而入。

〔**幕启，**蒂蒂尔、米蒂尔、光、面包、糖、火和奶上场。

光　你猜我们现在在什么地方？……

蒂蒂尔　这我怎么猜得出，我是不知道的……

光　难道你不认识这堵墙和上边的门吗？……

蒂蒂尔　这只是一堵普通的红墙和绿门嘛……

光　你真的一点都想不起来吗？……

蒂蒂尔　我只记得时间把我们赶了出来……

光　梦可真奇怪……竟然都认不出自己的双手了……

蒂蒂尔　梦？谁做梦了？……你是说我？……

光　也可能是我……不知道……不过这种情景你生下来以后看过多少次了……这堵墙围着的这间屋子……

蒂蒂尔　你是说这间屋子吗？……

光　没错，小家伙，你不会睡糊涂了吧！……这间屋子是我们以前离开的，现在想来应该有一年的时间了吧……

蒂蒂尔　真的是一年以前？……那是什么时候的事？……

光　不要把眼睛瞪得像青蛙一样好不好……这里可是你爸爸妈妈的家啊……

蒂蒂尔　（震惊地走进去）现在我有点相信了……应该是真的……嗯，很像呢……这扇小门……这个门闩我认识……爸爸妈妈在家吗？……我们真的已经接近妈妈了吗？……我好想现在就进去……我要马上亲亲妈妈！……

光　不要这么急……他们正在睡觉，如果吵醒他们就不好了……而且这扇门不会随意打开的，只有到了时候才可以……

蒂蒂尔　那我们要等到什么时候？……需要很长时间吗？……

光　不用很久！……几分钟就足够了……

蒂蒂尔　难道你回家不开心吗？……光，你这是怎么了？……看你脸色这么不好，是不是生病了？

光　没有，孩子们……只是，我不得不和你们分开了，心里有些难受……

蒂蒂尔　为什么要和我们分开？……

光　这也是没有办法的事情……这里的任务我已经完成了；一年这么快就过去了，仙女会回来和你要青鸟的……

蒂蒂尔　可是我现在还没有青鸟啊！……先不说我没有逮到森林里的那只鸟，夜宫的那些鸟也都死掉了。而思念之乡的鸟变黑了，未来国度的鸟也变红了……它们不是死了就是跑了，甚至还会改变颜色，我有什么办法？……仙女不会因为这件事而恼火吧……

光 我想仙女应该不会生气的，毕竟我们都尽力而为了……现在只能认为青鸟是不存在的，或者把它们关起来的时候会改变自己的颜色……

蒂蒂尔 对了，关它们的鸟笼在哪里？……

面包 主人，鸟笼在这里……这次可全靠我无微不至地照看了；我的任务也终于可以告一段落了，现在我就把它完好无损地交到您的手里……（有一种演讲家的感觉）那么承蒙各位好意，请允许我说几句……

火 好像没有人请他来演讲吧！……

水 嘘！……

面包 一个险恶的仇敌，一个不怀好意的对手，他因心存忌妒而打断我……（提高声音）这并不能阻挡我履行义务的决心……以诸位的名义……

火 不怀好意的对手，如果没有我，你怎么可能变成面包？你只是一团不能吃的面而已。

水 嘘！

火 我凭什么听你的！

（他们不断挑衅对方，甚至动起手来。）

光 安静！

面包 这些品行不端、喜欢暴力的东西，只会有一副可笑的嘴脸！

火 你说什么？

面包 （假装庄重地说）我要以诸位的名义……

火 我的名义你无权借用……我自己有舌头来宣扬我自己的名义！……

面包 以诸位的名义，并怀着真诚的、深深的、持久的激动，我只能身不由己地向两位上帝的小选民告辞，他们伟大光荣的任务也将画上一个句号。和他们告别，我心存忧伤，同样不舍，这就是所谓尊敬……

蒂蒂尔 为什么？……你也要和我们告别？……你也要跟我们分开吗？……

面包 唉！我也不想的……但是，我和你们分开，这也是不争的事实；不过这只是表面上的分开，只是你们再也听不到我说话了而已……

火 这好像是件很幸运的事情！……

水 闭嘴！……

火 只要你不在江河湖泊、锅碗瓢盆里喋喋不休，我就闭嘴！

光 大家安静！在这就要离别的时刻，你们的大脑都被病毒侵蚀了吗？

面包 （高傲地）你的这些话是伤害不到我的心灵的……我刚才说，你们再也听不到我的声音，你们也终将看不到我的活动……你们将再也看不到隐藏在物体中的生命；但是我依然在那里，在桌子上、在面包箱里、在架子上，总之，我会无处不在，可以说，我是人类最忠实的同席伙伴，一生相随的朋友……

火 那我又怎么样？……

光 唉，时间过得好快，我们就要再次回到沉默的状态了……我想我们还是抓紧时间吻别孩子们比较好……

火 （激动地冲上去）我先来，我先来！……（热情地和两个孩子拥吻）

再见，蒂蒂尔和米蒂尔！……再见，我亲爱的小家伙……当你们需要火光时，请你们一定要想起我……

米蒂尔 啊！啊！……你烧着我了！……

蒂蒂尔 啊！啊！……不要烫到我的鼻子！……

光 可以了，火，你还是克制一下自己的情绪吧……他们可不是壁炉……

水 蠢得要命！……

面包 没修养！……

火 放心，我把手放起来了！……你们千万不要忘记我啊！……在寒冷的冬天你们需要我的时候，我一定会出现在你们身边的……

水 （慢慢地走近孩子们）孩子们，我不会弄痛你们的，我的吻会很温柔的……

火 小心啊，她会弄湿你们的衣服！……

水 我可是最善良的，对人们总是温柔的……

火 那为什么还有很多人被淹死？……

水 去聆听潺潺的流水声吧，还有美丽的喷泉……你们会在那里找到我……

火 她会淹没她看到的所有东西！……

水 当你们在宁静的晚上坐在泉水边时——这里有无边的森林——请你们一定要懂得泉水向你们所诉说的话……我不行了……眼泪不自觉地流出来了，我不能再说了……

火 我怎么没有看见你流眼泪？……

水 当你们看到水瓶的时候，希望你们也可以想起我……当然，你们在水龙头、水池或者在水壶里也可以看到我的身影……

牛奶 （害羞地挪过来）奶瓶里还可以找到我……

蒂蒂尔 啊？善良的牛奶你也要走了吗？

糖 （生来就是一副甜蜜蜜但又很伪善的样子）如果你们的记忆没有被这些填满，那我希望你们记得我对你们的甜蜜……其他的话我就不说了……万一我落泪了，会让我的脚受到伤害的……

面包 真像耶稣信徒啊！……

火 （大声叫着）麦芽糖！水果糖！太妃糖！……

蒂蒂尔 蒂莱特和蒂洛跑到哪里去了？……真不知道他们在干吗！……

（就在这时，猫发出了一声惊叫。）

米蒂尔 （焦急）蒂莱特好像在哭！……肯定是有人伤害她了！……

（猫慌乱地跑过来，衣服残破，毛发也是凌乱无比，正用手帕捂住自己的脸，一副牙疼的样子。狗在后面紧追不舍，用头撞她，用拳头打她，用脚踢她，猫发狂地叫喊着）

狗 （打猫）打你一下！……还要吗？……可以了吗？……打你！打你！打你！……

光 蒂蒂尔，米蒂尔，（匆忙地跑过去拉开）蒂洛！……你疯了吗？……真受不了！……快点下去！……没完没了啊！……真是少见！……赶快停手！停手！……

（众人费了好大的力气才拉开他们。）

光 到底怎么回事？……谁能解释一下？……

猫 （假惺惺地哭着，装着擦眼泪）光夫人，狗欺负我……他不仅骂我，还在我的汤里放钉子，拉我的尾巴，甚至还拼命打我，可是我并没有犯什么错误啊，真的没有，一点儿也没有！……

狗 （模仿）真的没有，一点儿也没有！……（嘲笑的姿势，低声）不管怎么样你都得挨揍，看着吧，之后还有更狠的！……

米蒂尔 （心疼地抱起猫）蒂莱特，你好可怜，告诉我你哪里受伤了……你弄得我都想哭了！……

光 （严肃地对狗）现在是我们和这两个孩子分开的时候，大家已经够伤心的了，你却还在这个时候给我们添乱，你的行为真的让我们很气愤……

狗 （突然醒悟过来）我们真的要和这两个可怜的孩子分开吗？……

光 是的，时间就要到了……我们再也不能和他们说话了……我们将回到最初的沉默的时候……

狗 （痛苦地叫着，那声音让人绝望，同时扑向两个孩子，拥抱着他们）不，不！……我不要分开！……我不要分开！……我想和你们聊天！……你们懂得，我是小神仙啊……没错，没错，没错！……我要一直和你们说话！一直说！……我听你们的话……我一定会学会玩多米诺骨牌的！我会学习！念书！……我也会每天洗澡……我发誓再也不去餐厅偷好吃的了……你们想干什么？……你们是要我和猫拥抱？……

米蒂尔 （对猫）你呢，蒂莱特？……你不想和我们说些什么吗？……

猫 （造作而又神秘地）我会很爱你们，就像你们知道的那样……

光 终于轮到我了，我要给你们最后一个拥吻……

蒂蒂尔和米蒂尔 （拉住光的裙子）不要，不要，不要，光！……求你留下来和我们在一起！……爸爸一定会同意的……妈妈也一定知道你很善良……

光 我也很想留下来陪你们啊……但是这个门我是进不去的，我不得不离开你们……

蒂蒂尔 那你之后要去哪里呢？……

光 我会在附近的地方，就是那边的万物沉默之土……

蒂蒂尔 可不可以不离开？……我们想同你一起去可以吗？……我想妈妈也会同意的……

光 我的孩子们，不要流泪……虽然人们听不到我，我也只有不被人看懂的一丝光芒……但是我会一直照耀着你们，直到世界灭亡的时候……请你们一定要记住在那一缕缕柔和的月光中，在那一片片喷薄而出的曙光中，在那一丝丝美丽的星光里，在那一道道缤纷的灯光里，都有我要和你们说的话语……（墙后边传来了八下钟声）听！……时间已经到了……再见了！……门已经为你们敞开！……快进去吧，进去吧，进去吧！……

（两个孩子被她强行推了进去，在两个孩子进去之后，那扇打开的小门又缓缓地关上了。面包不易察觉地擦干了自己的泪水，糖、水泣不成声，他们飞快地跑了，从两边的后台消失了，而狗也在后台痛哭不止。舞台上空空如也，布置的墙从中间打开，最后一场的布景在这时显露出来。）

〔幕落〕

第二场　梦醒时分

景：和第一场相同的布景，但是无论是墙还是气氛都更加清新、悦目、欢快，如同仙境降临。一缕缕柔和的日光自窗外射入。

〔**幕启，**在房间底部右方，蒂蒂尔和米蒂尔在他们的床上甜甜地睡着。猫、狗和物件都在第一场仙女到来前的原位上。

〔蒂蒂尔的母亲上场。

蒂蒂尔母亲 （又嗔怪又欣喜）快起床！小懒鬼们！……你们竟然一点都不害羞？……都八点了，太阳都已经升起好高了！……天呐！他们睡得可真香！……（弯下腰亲吻两个孩子）太阳晒着他们胖嘟嘟的小脸，显得红彤彤的……蒂蒂尔身上散发出薰衣草的芳香，而米蒂尔身上则是铃兰的味道……（又亲了亲他们）孩子们多好呀！……不过不能让他们这么一直睡下去……否则非变成小懒虫不可……另外，这样对他们的身体也不好……（轻轻地摇蒂蒂尔）喂，蒂蒂尔，快醒醒……

蒂蒂尔 （揉揉眼睛）怎么回事？……光去哪里了？……光在哪？光，光，你不要丢下我们……

蒂蒂尔母亲 光？……光一直在啊……天都亮了……窗子还关着，太阳早就升得很高了……等我打开窗子你就能看到光了……（她轻轻地打开窗子，刺眼的阳光照进屋子）看！……你怎么啦？……怎么像瞎子一样……

蒂蒂尔 （揉眼睛）妈妈，妈妈！……真的是你！……

蒂蒂尔母亲 当然是我了……不然你以为还能是谁？……

蒂蒂尔 是妈妈……没错，就是妈妈！……

蒂蒂尔母亲 可不，就是我啊……难道我的脸有什么变化吗？……竟然像看怪物一样看着自家妈妈……难道我的鼻孔朝天了吗？……

蒂蒂尔 噢！真高兴能见到妈妈！……和妈妈分开了这么久！……

我好想亲亲你……再亲一下，再亲一下，再亲一下！……啊，这竟然真是我的床！……我真的是在家里！

蒂蒂尔母亲 傻孩子，你怎么了？……是不是没睡醒？……不会是病了吧？……快，伸出你的舌头让我看看……快穿衣服起床……

蒂蒂尔 咦！我怎么会穿着汗衫睡觉？……

蒂蒂尔母亲 你当然穿着汗衫……快穿上上衣和裤子……都放在椅子上了……

蒂蒂尔 我是穿着这些出去旅行的吗？……

蒂蒂尔母亲 旅行？……

蒂蒂尔 就是去年的旅行啊……

蒂蒂尔母亲 去年？……

蒂蒂尔 对啊！……我是圣诞节那天出去旅行的……

蒂蒂尔母亲 圣诞节旅行？……你从来没离开过这里……昨晚我还哄你睡觉的……难道刚才做梦了？……

蒂蒂尔 难道你不知道吗？……我是去年圣诞节和米蒂尔、仙女还有光一起走的啊……光特别善良！还有面包、糖、水、火。他们就总是打架……妈妈是生气了吗？……妈妈会不会伤心了？……爸爸有没有发脾气啊？……我没办法拒绝他们……所以给你们留下了纸条向你们解释的啊……

蒂蒂尔母亲 你说什么呢？……你是不是病了，或者是没睡醒吧……（她溺爱地轻轻摇了摇他）快醒醒……有没有好些？……

蒂蒂尔 妈妈，我早就睡醒了……肯定是你还没睡醒……

蒂蒂尔母亲 什么？我没睡醒……妈妈可是六点就起床了呢……家务都已经收拾完了，火也生起来了……

蒂蒂尔 不信的话，你可以去问问米蒂尔……我们一起去冒险了！……

蒂蒂尔母亲 米蒂尔？……怎么回事？……

蒂蒂尔 我们是一起去的……我们还看见爷爷和奶奶了……

蒂蒂尔母亲 （越来越糊涂）爷爷和奶奶？……

蒂蒂尔 对啊，就在思念之乡……虽然他们都不在世上了，但是他们的身体可好了……奶奶还给我们做了好吃的李子馅饼……还有我的小兄弟姐妹罗贝尔、皮埃罗、玛德莱娜、皮艾蕾特、波莉娜和丽盖特……

米蒂尔 丽盖特走路是爬的呢！……

蒂蒂尔 波莉娜鼻子上还长了个小疙瘩……

蒂蒂尔母亲 对了，你们是不是偷了你们父亲的酒瓶里的钥匙？……

蒂蒂尔 父亲有酒瓶吗？……

蒂蒂尔母亲 对啊，有你们这么淘气的孩子在，当然要把东西都藏起来……到底是不是你们拿了钥匙……只要你们承认……我不会处罚你们……

蒂蒂尔 但是，母亲，我们真的没有拿啊！……

米蒂尔 对了，我们昨天晚上还看见妈妈了呢……

蒂蒂尔母亲 昨天晚上你们没见到我才奇怪了呢，昨天可是我哄你们睡着的……

蒂蒂尔 不是的，昨晚我们是在幸福花园看到你的，虽然长得很像，但是昨晚的你更漂亮呢……

蒂蒂尔母亲 什么是幸福花园？我从来没去过啊……

蒂蒂尔 （注视她，然后抱吻她）是的，虽然昨晚的你更好看，但是我们更爱现在的妈妈……

米蒂尔 （也抱吻她）我也是，我也是……

蒂蒂尔母亲 （感动，但是很担心）我的天，他们怎么了？……难道我又要像之前那样失去他们了吗？……（突然惶恐地大喊）蒂蒂尔爸爸！蒂蒂尔爸爸！……你快过来！孩子们有些不对劲……

（蒂蒂尔父亲手里拿着斧头平静地出场。）

蒂蒂尔父亲 怎么了？……

蒂蒂尔和米蒂尔 （高兴地拥吻自己的爸爸）哎，爸爸！……真的是爸爸！……你好，爸爸！……爸爸这一年是不是干了很多活？……

蒂蒂尔父亲 啊？……怎么回事？……他们脸色这么好，不像是生病的样子啊……

蒂蒂尔母亲 （很担心，眼泪止不住地流）不能只看脸色啊……会不会是像之前的孩子们那样……虽然他们气色一直很好，但是还是去陪伴上帝了……你说他们两个是怎么回事……昨天晚上哄他们睡觉的时候还很健康，可是今天早上醒来就这么奇怪……一直说自己去旅行了……还看到了光呀、爷爷呀、奶奶呀，又说爷爷奶奶虽然死了，但身体可好啦……

蒂蒂尔 爷爷还像以前一样套着他的木腿呢……

米蒂尔 奶奶也是原来的样子，经常会风湿痛……

蒂蒂尔母亲 你看，你看！……我们去叫医生吧！……

蒂蒂尔父亲 不要……应该没什么事……我先看看怎么回事……（有人敲门）请进！

（女邻居小老太婆拄着拐杖出场，就像第一幕中的仙女一样。）

女邻居 大家节日好，早上好！

蒂蒂尔 原来是贝丽吕娜仙女呀！……

女邻居 我只是想和你们借些火炖过节用的牛肉……今天早上真的好冷啊……早上好，孩子们……

蒂蒂尔 贝丽吕娜仙女太太，我们没有找到青鸟怎么办？……

女邻居 嗯？孩子们说什么青鸟？……

蒂蒂尔母亲 我们也不知道啊，贝兰戈太太……我们也不知道孩子们在说什么……今天早上醒来就很不对劲……难道是吃了什么不该吃的东西吗？……

女邻居 喂，蒂蒂尔，难道你不认识我了吗？我是你们的邻居贝兰戈大妈啊？……

蒂蒂尔 我们当然认得您啊……您是贝丽吕娜仙女……您不会因为这个生我们的气吧？……

女邻居 贝丽……什么？

蒂蒂尔 贝丽吕娜。

女邻居 贝兰戈，我叫贝兰戈啊……

蒂蒂尔 贝丽吕娜，贝兰戈，都可以，……米蒂尔都知道呢……

蒂蒂尔母亲 情况越来越严重了，米蒂尔也变成这样了……

蒂蒂尔父亲 没事，没事！……我想很快就会过去的，我来打他们一顿就好了……

女邻居 不用打，由着他们吧……应该是刚做完梦，还没有完全醒过来……应该是睡在月光下的缘故……我那个孱弱的小姑娘也经常这样的……

蒂蒂尔母亲 对了，你的小姑娘还好吗？

女邻居 一般般吧……现在还不能起床……医生说她的神经可能有些问题……不过我知道什么东西可以治好她……今天早上那个

孩子就和我吵着要过圣诞节……

蒂蒂尔母亲 对了，她好像总是想要蒂蒂尔的鸟呢……蒂蒂尔，你可不可以把你的鸟送给那个小姑娘啊？……

蒂蒂尔 妈妈，你刚才说送什么给她？……

蒂蒂尔母亲 你的鸟儿啊……你都快不管它了……看都懒得看一眼……那个小姑娘想要这个鸟好久了！……

蒂蒂尔 对了，我的鸟儿……我的鸟儿哪去了？……啊！鸟笼在这里！……米蒂尔，你看没看见那个鸟笼？……之前面包帮我们提过的……没错，没错，不过怎么只剩下一只鸟儿了……难道另一只被他吃了？……快看！快看！……竟然是青鸟！……不过这是一只斑鸠啊！……不过这鸟比我走时颜色更青了呢！……它肯定就是我们要找的那一只青鸟！……亏得我们走了这么远，青鸟原来就在我自己的屋子里！……啊！真是神奇！……米蒂尔，快看看这只鸟儿！……你觉得光会怎么想？……等我去拿鸟笼……（他爬上椅子，取下鸟笼，递给女邻居）给你，贝兰戈太太……这只鸟儿还会慢慢变得更青的……您拿去送给那个小姑娘吧……

女邻居 你说的是真的吗？……真的这样送给我了？……天呀！她一定会高兴死的！……（抱着吻蒂蒂尔）让我亲亲你！……我走了！……再见了！……

蒂蒂尔 嗯，嗯，再见了……这只鸟会改变颜色呢……

女邻居 她如果有什么话说，我会回来告诉你们的……

（女邻居下场。）

蒂蒂尔 （看了四周好久好久）爸爸，妈妈，你们这一年在家都干了些什么？……家里虽然没怎么变化，但是比以前漂亮多了呢……

蒂蒂尔父亲 是吗？比以前好看多了吗？……

蒂蒂尔 对啊，所有东西看上去都很干净呢，闪闪发光……以前不是这样子的呢……

蒂蒂尔父亲 以前？……

蒂蒂尔 （走到窗前）快看那片森林！……它多美啊！……就像刚刚出现的呢！……我感觉好快乐！……（走去打开面包箱）面包哪里去了？……快看，面包好安静……啊，这是蒂洛！……你好，蒂洛，蒂洛！……你打架好厉害啊！……不知道你还记不记得在森林里搏斗的场景？……

米蒂尔 蒂莱特呢？……她好像认得我，不过不知道怎么说话……

蒂蒂尔 面包先生……（摸了摸自己的额头）啊，我的钻石哪里去了？还有我的绿帽子也不见了……没事，反正我也不需要它们了……啊！火！……你看他真好！……笑得这么开心，估计水一定不高兴了……（跑到水龙头那儿）水？……你好，水！……怎么了？……水好像在说话，不过我听不懂她在说什么……

米蒂尔 糖去哪里了？……

蒂蒂尔 天呀，真的好高兴啊！……

米蒂尔 嗯，我也一样呢！……

蒂蒂尔母亲 他们在屋子里跑来跑去的是怎么了？……

蒂蒂尔父亲 没事，不用太担心……你看他们多高兴……

蒂蒂尔 我可喜欢光了……不知道她的灯哪里去了？……我们可以把灯点亮吗？……（环视四周）我的天，这一切真的好美好！……

（有人敲门。）

蒂蒂尔父亲　请进！……

（女邻居上场，后边跟着一个金黄色头发的小姑娘，很是漂亮，而蒂蒂尔的斑鸠就在她的怀里。）

女邻居　你们快看，是不是很惊讶！……

蒂蒂尔母亲　啊，真是太神奇了！……她竟然可以走路了？……

女邻居　哪里是在走路！……简直就像是飞起来了！……当她看见这只鸟的时候一蹦就到了窗前，想看看是不是蒂蒂尔的斑鸠……之后就更神奇了！……就像是街上的天使……我跟上她都费了好大的力气……

蒂蒂尔　（惊奇地过去）噢！她简直和光一模一样！……

米蒂尔　不过她要比光小很多……

蒂蒂尔　这个自然！……不过总有一天她会和光一样大的……

女邻居　他们在嘀咕些什么？……还是在说一些奇怪的话吗？……

蒂蒂尔母亲　没事了，应该会好的……我想应该是饿的吧……

女邻居（把小姑娘凑到蒂蒂尔旁边）去，孩子，还不过去谢谢蒂蒂尔……

（蒂蒂尔吓了一跳，向后退。）

蒂蒂尔母亲　喂，你怎么了蒂蒂尔？……难道这个小姑娘很可怕吗？……快来，亲亲她……吻她一下……你应该不是这样的啊……你原来没有害羞过啊！……再来一个！……怎么回事？……你是要哭了吗？……

（蒂蒂尔怯生生地吻了一下小姑娘，有一会，两个孩子对视着，沉默着；然后，蒂蒂尔摸了一下斑鸠。）

蒂蒂尔　这只鸟够青了吧？……

小姑娘　嗯，我很喜欢它呢……

蒂蒂尔　我看到过比这只鸟更青的呢……纯青纯青的那种，不过好难抓到呢。

小姑娘　没事的，这只鸟我已经很喜欢了……

蒂蒂尔　你有喂它吃东西吗？……

小姑娘　还没有……因为我不知道该喂它什么？……

蒂蒂尔　它什么都吃，面包、玉米、麦子它都会吃呢…

小姑娘　啊？那它是怎么吃的呢？……

蒂蒂尔　当然是用嘴吃，来，我让它吃给你看……

（他想接过小姑娘手里的鸟，但是小姑娘很不愿意，就在他们争夺的时候，斑鸠趁机逃跑了，飞向天空。）

小姑娘　（痛苦地哭喊着）妈妈！……斑鸠飞走了！……

（她放声大哭。）

蒂蒂尔　没事的……不要哭……我帮你把它抓回来……（面对观众，走向前台）如果哪个小朋友抓到了这只青鸟，愿意还给我吗？……只有它才能带给我们未来的幸福……

〔幕落〕

——全剧终

花的智慧

1

在这里，我只想带大家回顾一下所有植物学家们都比较熟悉的真相。我没有什么新奇的发现，我这小小的奉献只不过是那些最基本的观察，没必要大放厥词，我没有想一一评论那些植物给予我们智慧的全部事实。因为这些证据多如牛毛、层出不穷、特别是在花卉的身上，它们展现了所有植物生命都有的奋发向上的本性和领悟的努力。

即便有部分植物和花儿会偶尔表现得愚昧或遭遇不幸，但是目前没有一朵花、一棵植物，会完全失去智慧和灵性。全部的花朵植物都会毫不保留地完成它们在这个世上的使命，没有一个不是以自己最独特的生存形式存在的，它们都怀着雄心勃勃的理想，向这个星球发出挑战，在这个星球表面不断去征服、去超越。为了完成这个宏伟的目标，在“自身受土壤束缚”规律的条件下，它们要克服比动物们的繁殖更大的困境。因为大多数花卉植物一定要依附外界的各种化合反应，设置某些装置，或利用某些圈套和小手段，比如在机械、导弹学、航空、对昆虫的观察等方面，它们的手段及创造发明可要比人类领先很多。

2

关于花卉受精的重要系统，或许不用加入太多的实质描述，比如雄蕊和雌蕊的作用、花香的引诱、那些和谐又五彩斑斓的颜色的吸引力等。还有花蜜的酿造，花蜜对花朵没有什么实际的用处，它之所以被酿造出来，是用来留住或吸引外面的那些自由者及爱情使者，比如蜜蜂、大黄蜂、苍蝇、蝴蝶或飞蛾，因为它们给花儿带来了静止不动而又素未谋面的远方情人的深吻。

在人类的眼里，植物的世界仿佛是那么的风平浪静，那么的温和，好像这一切都是温顺宁静、井然有序的社会现象。但现实往往相反，在植物的世界里，植物们为了生存而进行的斗争永远是最惨烈、最顽强的。植物最重要的器官就是它的营养器官——根部，它与土壤紧紧地连在一起。

对植物限制最大的自然规律就是它从出生到死亡，都不能自由走动，这在我们人类遵循的所有规律中都没有这么严苛的。所以，它就比我们更加明白什么是第一个要起来抵抗的，但是我们却总是注意力不集中，没有缓急之分。从黑暗的根部开始，到清晨完美的绽放。在这个过程中，植物具有的坚定信念，仿佛就是一种无法媲美的生命奇迹。

这种信念的力量只为了一个目的，就是坚定不移地摆脱被地面束缚的命运，挣脱那些烦琐而严肃的自然规则，彻底地解放自己，打开束缚的领域，重新开创或借助翅膀和花瓣，尽一切可能远远地逃离这些禁锢命运的空间，向另一个世界靠近，进入一个充满希望而富有生机的王国……实际上，最终它成功地实现了理想。假使我们能够成功生存在自己突破之后的一种新的命运时代之中，又或许步入一个没有最沉重的物质规则的世界中，这不也同样令人感到惊讶吗？我们将会看到，花朵为人类树立了一个高尚而奇异的精神榜样：勇敢无畏、不折不挠、锲而不舍和富于创造。假如我们能拥有花园中任何一朵小花所展现出的巨大力量的一部分，来驱逐苦难、衰老、死亡等压迫我们的必然发生的自然规律，这时候我们就应该理直气壮地相信，我们所遇到的跟现实有如此大的差距。

3

大部分植物对运动的需求、对空间的向往，都可以在花儿和果实的身上得到验证。在果实那里可以轻易地得到证实和解释，或者无论怎样也会显示出并不是那么复杂的预见和经验。这跟动物界发生的状况是完全不同的，因为生存在这个不能走动的世界里，种子第一个最危险的敌人，就是它的母体植物。假如我们自己生活在一个这样离奇的世界里，父母不能走动，他们也清楚地知道自己的子女会受饿或窒息而死。那些飘落在树底下或者植物根部的缺乏远见的种子，要么消失了，要么就一生在不幸而又恶劣的环境中萌芽生长。从此以后，它们必须竭力去摆脱束缚，争取生长空间。从此以后，我们就会在森林里或平原上的每个地方都看见它们那令人感叹的传播、推广和飞行的方式。在这里列举几个最特别的例子：槭树的“空中螺旋桨”或翅果[①]；椴树的苞片[②]；大鳍蓟[③]、蒲公英和波罗门参[④]的“飞行器”；大戟的“爆鸣弹簧”；喷瓜[⑤]的非凡“喷射器”；绵状毛叶植物的“吊钩”；还有那些不断地出现的令人惊奇甚至出人意料的生物机制。总的来说，每一个个体种子都能以自己完美的方式及装备来挣脱母体的阴影。

然而，假如没有做一点有关植物学方面实践的功课，人们不会相信，那些多姿多彩的花卉草木，事实上在不断地使用卓越的想象和天赋。请大家想一想，比如海绿那迷人的“种子锅”、凤仙花的五片瓣膜、天竺葵爆裂的五颗蒴果。如果还有机会的话，请你们别忘记细心地去观察在中医那里很容易找到的普通的罂粟蒴果。这些聪明的罂粟大脑里藏着令人称赞的聪慧和远见。我们都应该知道，罂粟蒴果包含着许许多多颗细小的黑色种子。它的目标就是尽快将这些种子撒播出去，并且能够到达更远的地方，越远越好。假如包裹种子的蒴果裂开、掉下或是底盘被打破，那么，这些极其珍贵的黑色微粒只能在母体的底部变成一堆没有用处的废品。但是，实际上这些种子在蒴果顶部的细缝处设计了一条唯一的出路：等到蒴果成熟的时候，它就会低垂在花梗上，一旦有风吹草动，它就像香炉的轻烟般飘动，用一副十足的播种者的姿态，骄傲地把每一粒种子有板有眼地撒向空中。

是否能够让我们来说说那些等着被飞鸟传播，为了能够诱惑飞鸟而埋伏在充满甜味的果皮中的种子呢？比如槲寄生、杜松、花椒的种子。我们在此会发现，这里展现出的能力是那么的理性

①一种干果，成熟的时候不会开裂，成翼状，一般是颗种子。
②指在花茎底部的叶状体。
③是菊科植物。
④属菊科参属草本植物。
⑤原产欧洲南部，果实像个大黄瓜，在成熟后，生长着种子的多浆质的组织会变成黏性液体，充满果实内部，强烈地膨压着果皮。这时果实如果被碰到，就会“砰”的一声像喷气装置一样喷射，故有“铁炮瓜”一称。

而坚强，显示出的最终目的展现了与众不同的理解能力，使我们几乎不敢在这个主题上过多地强调，甚至担心还会犯下像贝尔纳丹·德·圣彼埃尔一样的错误。但是，事实上没有其他的解释，因为这些甜味果皮对种子来说没有什么用处，像花蜜一样，它仅是用来引诱蜜蜂的，但是对花儿却没有用处。飞鸟采食果子是因为果子是甜美的，但与此同时也会吞下难以消化的种子。等采食果子的鸟飞走后，用不了多久就会把种子完全地吐出来，种子仅仅会让种壳受到影响，但能使种子有机会逃离出生地带来的危险，得以萌芽生长。

4

现在，让我们来看看花卉使用的比较简单的智慧吧。当你有一天在路旁，顺手摘下第一眼看见的一片草叶时，你就会发觉小草有出人意料的智慧，一种独立自由、不屈不挠和令人惊叹的小智慧。例如，现在有两种可怕的蔓生植物，当你在散步的时候，在哪里都可以看见它们，甚至连那些寸草不生、令人讨厌的墙角，也是它们生根的地方。那便是野生苜蓿，字面上被贬称作“病野草”。它有两个品种，一种长有浅红色的花，另一种是长有豌豆般大小的黄色小花球。人们看见它们隐匿在令人感叹的草地中，但是从来没想过，早在锡拉库萨那位著名的几何学家和物理学家之前，它们就已经发现了阿基米德螺旋，并且将它们致力研究的成果应用在飞行艺术上了，而不是用来干扬水之类的活。它们在自己的种子上镶嵌了一种具有三四道回旋的轻微螺线，如此精巧的构造，目标就是延迟种子飘落的时间。所以它们能借助风力，延长在天空中的飞行时间。而且黄色苜蓿还对这个装备进行了改良，在螺线边上加装了两排穗状物，这样做最明显的动机就是想在飞行的路上钩住路人或是动物的毛皮。很明显，它除了借助风力这个媒介或风力传播的优势外，还能拥有绵状毛叶植物的优势，就是说通过绵羊、山羊和兔子等动物来传播种子。

这些非同寻常的努力最让人叹惜的一点是徒劳无功。那些红苜蓿和黄苜蓿也有失算的时候。因为那些精湛的螺旋对它们来说可能会一无用处，因为螺旋只能在某个高度，如在某棵高大的树木或高耸的禾本科植物顶端掉落下来的时候，才会起到作用；但是，它们的身材和草的高度差不了多少，在碰到地面之前，几乎连四分之一圈旋转都没有完成。在这里，我们看到了自然界中的几处错误、探索以及试验中的失算；这只是一个例子，但是那些认真地研究探索过大自然的人，才不会断言说“大自然永不犯错”。

现在，我们先来观察一下那些没有使用飞行装置，坚持用原始传播方式的几种苜蓿——暂且不说红花草，还有另外一种蝶形花冠豆科植物跟我们现在所谈到的苜蓿几乎是相同的。尤其有一种叫香橙亚科苜蓿的，我们能特别清楚地观察到从“旋形荚果”到“螺旋体”的变化。还有一种叫黄芩类苜蓿或蜗牛苜蓿的植物，它们是以球状的形式进行螺旋变化的。从这些变化来看，我们仿佛正在亲眼看见一个令人惊叹的场景，因为那里正在进行着一项伟大的发明，一个命运未卜的家族正在进行各种探索试验，去发现一种能够保障未来生活的最好方法。或许它们发觉选择螺旋结构是一个错误，于是黄苜蓿又多生长出了穗状物或吊钩状物——在这样的探索历程中，黄苜蓿可能在暗暗思考着，不是说这种思考没有什么道理，因为我的叶子引诱了绵羊，绵羊就应当承担保护苜蓿后代的义务，难道不是这样的吗？最后，带有黄花的苜蓿比带红花的同一科亲戚传播的范围更加广泛，难道不是由于它那种积极的努力和令人称奇的想法吗？

5

哪怕我们只是蹲下身体片刻，仔细观察它们那低调而卑微的劳动，我们就会发觉不仅仅是种子或者花儿，而且是整株植物，包括叶、茎、根，都展现出了聪明敏捷的痕迹。请你们想一想吧，受到压迫的枝条是怎样为了争夺阳光而竭力抗争的，在最危险的环境里树木是怎样斗智斗勇的。在我的脑海中，曾有一幕使我终生难忘，有一天在普罗旺斯，在那荒芜唯美、弥漫着紫罗兰香味的勒鲁峡谷，突然出现了一棵高大的有百年年轮的月桂树，它让我看见了令人敬佩的英雄主义形象。人们很轻易地从它那奇形怪状的躯干上，感受到它那不畏惧艰险、顽强奋斗一生的精神。曾经，鸟儿或者风儿，作为命运的主宰，把它们的种子携带到这块铁帘般凸凹陡峭的岩石上，因此月桂树就在那里出生了，在远离湍急水流两百米的上方，月桂树就在炎热而干燥的石头中间，一年又一年，顽强地生长着。从出生的那段时间开始，它就派出自己那疯狂生长的树根，开始了漫长而又盲目艰难的探索，寻找那些并不稳定的水分和土壤。但是，这些还不过是习惯南方干旱的树种身上代代相传的烦恼而已。这些幼嫩的树干，还要面对更加意外的危险和更严重的困难。它只能从陡峭的岩面上开始生长，所以无法挺直身躯朝天生长，只能弯腰驼背地朝向山沟。即使树枝越来越粗壮，但是它又要开始如最初时候的那种逃亡，坚强地在靠近岩石的地方把那些陷入困境的树干压弯成肘子的形状，就像那些正在仰泳的人，靠着自己坚定不移的意志力、张力和伸缩力，支撑着沉重的树冠使它能在空中耸立起来。

从那以后，这棵植物的所有思想、力量和所有自由的不羁的才华，就全部集中在这个支起生命的树瘤上了。奇形怪状而又臃肿的树肘慢慢地显示出某种思想上焦虑的状况——它早就懂得如何从狂风暴雨的劝诫中，获取对自己有益的启发。一年又一年过去了，枝繁叶茂的树顶越来越重，它只不过想一心一意地在光与热中展现自己的能力，但是，一种不容易被发现的伤害却在折磨着它耸立在空中的双臂。于是，两条茁壮的根好像两条韧性十足的绳子，遵从着一种不为人所知的某种本能法则，从树肘上方两尺多高的树干上生长出来，把树干无情地缠绕在岩壁上。这两条坚韧的树根，难道是被这棵树所承受的苦难激发出来的吗？又或者是，当它们从出生的那一刻开始，就一直韬光养晦地等待这个关键的危机时刻出现，通过这样的帮助来提高它们的生存价值吗？难道这也只是一个巧妙而意外的安排吗？到底有谁会目睹这些对于我们短暂人生来说过于持久的，然而在悄悄上演的戏剧呢？

6

在所有能给出首创精神和智慧的植物中，有个别植物堪称“生机勃勃”或“富有活力”，这些都值得认真去探索。在这里我只想跟你们提一下大家都再熟悉不过的拥有羞涩面容的含羞草，或许你会想起这种植物那敏感而又神经质的惊讶状态，它是很有名气的。但是也有其他各种各样的拥有自发性运动特性的草本植物，不是很有名，比如那些表现得很急躁的岩黄芪属或“运动植物”。有一种细小的豆科植物品种，原产地在孟加拉，如今却经常出现在我们的温室中。它不断地跳着一种复杂的舞蹈，好像在向阳光致敬。它的叶子分作三片，有一片宽叶生长在顶部，另外两片叶子比较狭窄，生长在第一片叶子的底下。其实仔细观察，每片叶子都有不一样的动作表情，它们顽强地生长着，生活在节奏感较快的规律中，那是一种可以用秒表来计时的好像排练过的躁动。它们对光线非常敏感，假如它们在跳舞时被天空的云朵遮住了光线，那么它们的舞蹈也会跟着放慢速度或者加速。就像我们之前所看到的一样，这是真实的光度计，比克鲁克斯[1]先生发现的天然耳镜还要早很多。

7

但是，除了那些植物外，还有茅膏菜、捕蝇草和许多其他植物，都属于神经性植物，它们有点超越了区别植物界和动物界的神秘鸿沟，可能是一些不为人知的分水岭。我们大可不必去追溯到这样的程度。当我们正在思考另一个领域时，几乎很难分辨植物和黏土或石头区的沼泽地，我们也从中发觉了相同的智慧和几乎一样的自发性；我所说的只是在显微镜下才能观察到的隐花植物这个令人惊叹的族类。因为不方便观察，我们便把这类植物暂且放在一边不

① 克鲁克斯，英国物理学家、化学家。

讨论，即使菌类、蕨类植物，特别是蕨类植物的孢子活动，它们的敏感性和创造性也无可比拟。但是在水生植物中，我们可以从这些原生沼泽和泥土里的栖居者那里，看见没有那么隐秘的奇迹上演。因为花儿在水中没有办法完成整个授粉过程，它们都为此想出了各自不同的方法，让自己在正常无水的状态下能进行授粉。比如我们经常用来做床垫材料的海草，非常谨慎地将花蕊包裹在均匀的“潜水钟”中；睡莲是把花蕊托到水塘上面绽放的，也可以随着水面的升高来伸出长长的花梗，把它支撑在顶部并且为其提供养分；但是假睡莲没什么伸长的花梗，只能任凭花朵在水面生长，花朵就像泡泡一样绽放；水栗子则是倚靠一种膨胀的浮水囊给予养分以便花蕊在水面上绽放，然后，当授粉完成后，浮水囊中的气体会被比水重的一种黏液代替，整个装备又会再次沉到泥土里，果实就一直在那里生长发育。

狸藻的生活方式更为复杂多变。亨利·博克基伦先生在《植物的生活》中就对它进行了详细的描述：“这些植物经常见于池塘、沟渠、水潭或泥炭沼坑里，在冬天的时候，它们躺在淤泥里，人们无法看到它们。它们那冗长、纤细、蔓生的梗茎上生长的缕状叶片缩成有分支的细丝。在这些变形了的叶腋上，我们能够看到一种小梨形的袋囊，在它的尖顶上有一个小孔。这个小孔有个阀门，只能从外往里开启，小孔的边缘长满了枝杈般的茸毛，在它的囊内覆满了其他一些有分泌作用的茸毛，这使它看起来像天鹅绒一般。开花的时机到了后，这个腋下孢囊就会充满空气，假如空气想逃跑，它就会把阀门关紧。这样就能让植物得到独特的浮力，能让它浮到水面上。这时，那迷人的小黄花才慢慢绽放，它的模样好像是奇特有趣的小嘴，嘴唇部还多多少少有点肿胀，在它的腭部长有橘黄色或者褐色的条纹。在6月、7月、8月三个月里，它们会优雅地在浑浊的水面开放，尽管周边是枯枝败叶，但它们依旧展示着那鲜艳美丽的色彩。一旦授粉完成后，果实就会开始发育，这一切将开始转换角色。它周围的水会挤压孢囊的阀门，迫使它朝内打开，水就会进入洞穴内，使植株变得很重，这样它就会重新落回到淤泥的世界中。”

当我们看见人类某些很有效率的新发明时，例如阀门或者塞子的作用、液压和气压，还有人们广泛采用的阿基米德原理，就如同上面这个古老而细小的装置一样，难道这不是一件很有意思的事情吗？正如刚才引用的那位作者所记载的“第一个想到用浮筏装置安装在沉船上的设计师，完全没有想到相似的方法已经在数千年前就得到了使用”。在大家都认为缺少智慧、没有意识的那个时代，我们刚开始会认为仅靠一些简单思想也能够创造出一个全新的组合和联系。但是当我们仔细地探究之后，看起来我们几乎没有办法来创造出任何新的东西。不过，我们是最迟来到这个星球上的，我们只不过是发现了早就存在的事物，就好比好奇的孩子一样，我们反反复复地沿着那些生物之前走过的道路前行。实际上，这看上去很有逻辑性，也能使人感到安慰。但是，关于这一点，我们将回头再继续谈论下去。

8

在谈完“水生植物”这个话题之前，我们不得不来简单地提一下这类植物中最具有浪漫色彩的苦草，这类水鳖科植物的婚礼，变成了开花植物爱情史上最有悲剧性色彩的故事。苦草是一种不会引起别人注意的草本植物，既没有睡莲的优雅美丽，也没有其他水下植物那奇异葱郁的姿态。但是，自然界却赋予了它一种奇特而美妙的思维。这些细小的植物一生都在水底下生活着，而且一直都是处于半睡半醒的状态，这种状态一直持续到它追求新生活——就是要结婚的时候，这个时候的雌花慢慢地在花梗上绽放出细长的螺旋，浮在池塘的水面上游动着。而雄花们通过阳光照射下的水池看见雌花们，也会在这时候从旁边的草茎上跟着上升起来，怀揣幸福的希望，渐渐亲近正在招手摇曳、等候着，呼唤雄花一起奔向一个奇异世界的雌花。但是当雄花走到半路时，忽然发觉自己像是被什么绊住了，那是它们的生命之源——花梗，但是花梗长得太短小了；这样它们将永远到达不了那个阳光灿烂的地方，但是只有在那里，雄蕊和雌蕊才能完成结合……

大自然中还有比这样更具有悲剧色彩的情节吗？请你们想一想那种悲情的情节靠得那么近却无法厮守在一起！这样折磨人的厄运！如果没有外界因素的介入，似乎不会发什么事情，就如同我们人类在现实生活中出现的悲剧一样。雄花是否会想到自己将会陷入一个理想的破灭中？有一件事是肯定的，在他们的心里永远隐藏着一个泡泡，好像我们的灵魂中隐藏着一个在绝境中誓死挣脱的信念。雄花们好像犹豫了一会儿，接着，为了奔向幸福的目的地，它们奋力一搏（这是我在记载着相关的昆虫和花卉的资料中了解到的最美妙,也最无法想象的力量），它们平静地掐断了维持生命的纽带。它们将自己从花梗上挣脱，用一次神奇的跳跃，在四周升腾的晶莹剔透的小水滴里，花瓣突然升起来了，冲开水面。即使可能会受伤致死，但是它们仍然精神焕发、无拘无束，在还没有留意到它们的新娘旁漂游了一会儿，成功完成结合，接着新郎将会从旁边漂走，枯萎，不复存在，就在这个时候，那位成功当了母亲的妻子，也把最后那有一丝生命气息的花冠合上，盘蜷起螺旋状的花梗，又重新沉回到水塘底下，使那些经过生命壮举后孕育的果实成熟发育。

在向光一边仔细察看，那幅美妙的图景是那么准确，但是我们也要从背光的一边仔细察看，“糟蹋”那幅迷人的风景吗？可为什么不呢？因为有时候阴暗面和光亮面形成的真实画面一样的精彩有趣。这幕扣人心弦的剧本，只有在我们思考到物种的整体性的智慧和追求的时候，那才是最完美的故事；然而我们在观察它的个体时，就会经常发觉它们行为愚笨，在理想的计划中陷入了困境。雄花们曾经探出水面上，但是这时候旁边没有了雌花的花蕊。在另一段时间中，当水浅的时候其他的植物很容易和伴侣相会，它们依然在反复而徒劳地掐断花梗。在这里我们又证实了这样的真相：全部的创造性存在于物种里面，生存在大自然或生物里面，几乎所有个体都是笨拙的。单单就人类来说，的确存在两种智慧之间的真正斗争，存在一种越来越明朗清楚、逐渐趋向平衡的势头，然而就是这种平衡自身也是关乎我们未来存在的巨大秘密。

9

在寄生植物的生活中也同样出现了这样奇异的情况，比如俗称的金丝草、令人惊叹的菟丝子。它没有叶子；茎秆一长到几寸，它就毫无怨言地放弃自己的根部，用来缠绕选好的寄宿者，再把自己的吸管插进去，从那以后就专心依靠它的寄生物来生存着。由于它有着聪明的头脑而能避免上当受骗，它会把那些不喜欢的靠山抛弃，如果有需要，它还要到更远的地方寻觅适合自己性格和口味的大麻、啤酒花藤、苜蓿或者亚麻的茎梗。

菟丝子自然吸引了我们对攀缘植物的观察，那些攀缘植物拥有吸引着别人注意的生活习性，有必要让我们为其说上几句话。我们多少都有在农村生活的人，经常会感叹它们这种与生俱来的本能——那是一种显而易见的精神力量，五叶地锦或旋花把它们的卷须伸向靠着墙面的耙子或铲子的木柄。假如你把耙子挪动一步，等到第二天卷须就会转个身再次缠绕着耙子。叔本华在他著名的论著《自然界中的意志》中，有专门的篇章集中谈及植物生理学，有很多专门的章节对这种情况和其他很多情况进行了实验和观察记录，在这里转述可能会占用过多的篇幅。所以，我想请读者自己阅读那一章节的内容，在里面你会看到很多为读者提供的原始材料和参考书目。近五六十年来，关于这方面的原始材料都在迅速地增加，相关的材料也用不完，这就不需要我再多费口舌了。

在花卉植物当中有很多形色各异的创造发明、足智谋略和御敌计谋在里面，我们再来列举一下带星状的欧洲稻槎菜展现出来的智慧，像它这种开出黄色小花的植物跟蒲公英属的植物很相似，在里维埃拉海滨的古老城墙上能经常寻找到。与此同时，为了确保品种撒播与品种的稳定，它将一次性拥有两类种子：一种是容易掉落脱离母体，生长着双翅，随时跟着风到处飘的种子；另一种是生长着翅膀，只身藏在花絮当中，只有当花絮枯萎烂掉时才能重新获取自由之身的种子。

像自身生长出刺的苍耳属植物，就能够展现出某种播种机制的想法，这是多么的巧妙而效果也十分明显。然而这不过是一种全身长满了粗大的刺头、谁都不会喜欢的野草。但是就在不久前，它在西欧还没有被人知晓，那么自然也不会有人想去引种它。它之所以能征服那片领域全是依仗蒴果那自身布满的钩刺，用来紧紧抓住动物的毛皮。作为俄罗斯的原始居民，它会跟随着俄罗斯人出口的那些打捆的羊毛，到达每个地方，你可以在地图上追寻这个伟大的移民者走过的每一个地方及所历经的全部阶段。

意大利的捕蝇草是一种朴实无华的白色小花卉，常常能在橄榄树底下找到很多，但是这种草行动起来时，其脑袋是逆向思维的。为了自保，躲开野蛮而粗陋的昆虫侵害，它表面看上去是极为胆小的，且特别敏感。但实际上它的茎秆上早就装置了带腺的毛刺，毛刺上常常溢出黏液，这些黏液可以成功地捕捉到寄生虫——因为这一点功能，南方的村民就把它放在家中养殖，当作捕蝇器来使用。甚至有个别种类的捕蝇草，还创造性地简化了捕猎系统。因为它们尤其惧怕蚂蚁的侵扰，当发现蚂蚁过来时，它们只是在每根茎杆的关节下装置一道比较宽的黏液环，就可以逸待劳，不用再担心害怕了。这样美妙的构思，跟园丁们为了阻止毛毛虫爬上苹果树，在树干上涂上一圈焦油的方法，不谋而合。

这就把问题引向了对植物自卫的方式进行的研究。亨利·库平先生曾在一本优秀的科普读物《古怪的植物》中详细讲述了某些植物所拥有的奇异、令人惊奇的自卫武器，我想那些愿意去了解更多细节的读者可以去仔细阅读一下。我们首先来说说令人感到兴奋的、与棘刺有关的问题。巴黎大学学生洛特里埃先生曾经用棘刺来做过一些有意思的试验，最后得出结论认为，阴暗和潮湿的环境会压迫植物的长刺部位。但是另一说法认为，不论什么时候，假如植物生长的地方环境非常干旱而阳光又很强烈，那么它生长的尖刺就会越坚硬挺立并且数量很多，似乎它天生就知道在荒野砾石中和炎热沙地中，它差不多是唯一的幸存者，基于这样的情况，需要它增强更多的防卫能力，用来抵制在猎物上不再有选择机会的敌人。另外有一个特别要注意到的事实，绝大部分被人类培育的带刺植物，逐渐放弃了它们原有的自卫武器，把它们生存的安全自然交给了那个超越了自然的保护人，安心地生长在圈养它们的院子中。

有一些植物，包括紫草科植物，它们用极为坚固的毛刺代替了棘刺。还有其他植物如荨麻，毛刺上还包含着毒汁；像老鹳草、薄荷、芸香等，为了不让其他动物靠近，它们散发出一种浓烈的气味。但是最奇异的还是用机械自卫的那些植物。我只是想提一下木贼，它置身于一层细小的、硅石组成的、真实的铠甲之中。因此，全部的禾本科植物，为了抵抗鼻涕虫和蜗牛的无情侵食，它们在身体的纤维组织中加入了石灰质。

10

数不清的婚礼正在我们的花园里举行，在开始谈论杂交授粉那复杂方式之前，我们先说说那些普通花卉的美妙想法。这种花是雌雄同体，新娘、新郎都在一朵花冠里相亲相爱直到死亡。我们应该都非常清楚以下这种十分典型的植物机制，常常那些数量很多而较为柔弱的雄蕊或是雄性器官，它们都聚集在茁壮而坚韧的雌蕊旁边。著名的林奈开心地说过，“无论嫁和娶都是欢天喜地地走进洞房”。但是这些器官与生俱来的脾性、形状和习性，会因花卉不同而不同，大自然界中没有一成不变的思想，或者换一种说法，没有一种重复的想象力。当花粉成熟的时候，会很正常地从雄蕊顶部掉落到雌蕊里面；但是绝大多数情形，雌蕊和雄蕊差不多一样高，或是后者相隔太远，或是雌蕊比雄蕊高出一倍。如果是这样，它们就要花费很大的努力才能够结合。有时候雄蕊跟荨麻一样，都是盘蜷缩坐在花冠底下，当它们授粉的时候，茎立即像弹簧一样高高地挺起来，花药或是花粉块把一些粉末撒播在柱头里面。有时候却好像只有在晴朗的白天结婚的小檗属植物那样，雌蕊与雄蕊相离很远，在两只湿性腺体的重力下，逐渐接近花儿的边上，当太阳一出来，会立即蒸腾它的水分，因此摇摆不定的雄蕊就奋不顾身地一头扎进柱头里。但是在个别的场景，又会是不一样的情况。比如报春花，雌蕊有时候长得比雄蕊还要长，有时候却又比它短。百合、郁金香跟其他一些花卉的雌蕊，由于太过瘦小细长，只有尽全力拉拢住花粉，让它不能轻易掉落。但是最奇异的还是芸香的授粉方式，它是众所周知的味道不怎么好闻的草药，属于通经药系中的一种。宁静而低调温柔的雄蕊在矮肥的雌蕊旁边排列成一个圈，静静地在黄色花冠里等候着时机。直到授粉结合的那一刻，雌蕊好像传出某种呼唤，叫着某某的名字，就这样，雄蕊像听从指挥一样，刚开始，第一根靠近并且触碰到雌蕊。接下来是第三根、第五根、第七根、第九根，直到全部奇数雄蕊都触碰到雌蕊。接着就开始轮到偶数的雄蕊了，依然是按顺序第二根、第四根、第六根等。这就是接受命运安排的爱情！但是这些会数数的花朵，对我来说简直是太神奇了，导致我刚开始连植物学家的话都不敢相信了，因此我下定决心重复地验证它的感觉能力，结果不得不承认。现在我可以肯定它的确很少会出差错，计算得非常准确。

也许反反复复地列举这些例子是多余的。但是只要是很轻松地漫步在森林或是田野里，谁都有机会在这一方面做上万次的观察，而且每一次都可以看到像植物学家描述的一样有趣的现象。但是，我想在写完这一章节之前，再谈谈另一种花卉，这不是因为它向自然界展现出了一种与别人不一样的想象力，而是由于它为爱而生的行动方式着实让人感到舒适和幽雅。我要说的例子是黑种草，它的俗称倒是很吸引人，比如“雾中情人”“灌木丛里的妖精”“蓬头淑女”，在民间的诗歌中，那些笔下动人地描述了这惹人喜爱的小花卉。在南方，在路边、在橄榄树下，我们经常会看到这种野生状态下的植物，然而现在则是在北方的古老花园里种植着它。它的花是淡蓝色的，仿佛早期图画里的那些简朴的小花。在法国，像“维纳斯的头发”或是“蓬头乱发”这些特别的名字都是黑种草的俗称，因为它有着那蓬乱而轻薄的叶子，这些叶子周围缠绕着一簇蓬松、轻盈、像青绿毛发的花冠。花朵的底下有五根非常细长的雌蕊，在淡蓝色的王冠中心紧紧环绕着，好像是五位披着绿皮袍衣高尚而冷傲的皇后。皇后的旁边，往往都聚集着一群没有指望的恋人，但是这些恋人一样的雄蕊还没有皇后的膝盖高。因此，在天蓝色或青绿色的皇宫里面，在开心的夏日中，来了一场或许有人盼望着的没有跌宕起伏情节的剧本，一出无力、徒劳、安静地等待的戏剧。但是随着时间的流逝，花儿的生命也转瞬即逝，它的迷人外表逐渐开始掉色，花瓣开始脱落，高傲的皇后在生活的压力下似乎也开始变得温顺了。然后在某个特意的时间里，皇后们似乎顺从了爱情那神圣而不能拒绝的指令（因为都认为爱情考验的时间已经够持久了），她们采取统一的行动，就像是五股喷泉下落到水池上画出的平和抛物线，幽雅地向后仰去，在低微的情侣们的红唇上，在新婚之夜里采集着金色粉末。

11

好比我们现在看到的情况，这个世界有着很多意料之外的事情。所以，不如来写一部跟植物智慧相关的长篇著作，就像罗马尼斯撰写的跟动物智慧相关的那本著作一样。但是我现在这本只是草稿，没有指望能够成为这方面著作的指南，我只是想借此引起人们来谈论一下我们身边发生的有趣的事情，这些有意思的故事就出现在我们始终自以为是的享受权力的世界中。然而这些不是特意去选择的，而是从一个观察者的角度随机选择的结果，作为一个例子来引用的。但是，我想从那些记录的笔记中，以花卉为目标，因为在花卉的身上，展现出了巨大的奇迹。我暂时把茅膏菜、忘忧药草和瓶子草等食虫植物（这些植物更靠近动物界，要有较专门、广泛的研究探索）搁置不谈，只一心一意地去认真研究探索标准定义的花卉，就是那种严格意义上的我们经常以为没有生命、没有感觉的花卉。

因此我们要把实际和理论区别开来，当我们说到花卉的时候，暂且以为花能够实现一切，并且能够用人类预见的方式去解释。从此我应该更加意识到究竟有多少东西，我们必须要把它保留下来；究竟有多少东西，我们应该从它身上获取。现在，它更像一个拥有坚强意志和理性的缤纷多彩的公主，把它独自放在广阔的舞台上。不用去怀疑它拥有的那些优秀品质，如果想要把它身上的那些优秀品质夺走的话，我们就只能受到那些非常混乱的无聊指责。然而就是这个时刻，它就端庄地坐在花梗上面，在灿烂夺目的帐篷里呵护着植物的繁殖器官。我们都能够看得出来，它是想让雄蕊和雌蕊的神圣结合在这个拥有爱的帐篷内顺利完成——大多数花卉默许了雄蕊和雌蕊这样的结合，但是对其他大部分花卉来说，可是要面对非常可畏的胁迫。在通常的状态下，交叉授粉的难题没有办法解决。不知有多少没有办法去回忆的试验，最后能否注意到自株传粉（以包裹在一个相同的花冠中的花药掉下的花粉，顺利完成柱头授粉）很容易导致种属退化吗？因为它们确实没注意到，更没从中获取任何的经验。万物生长的力量把这些因为自株传粉退化下来的植物，非常轻易地抹去了。与此同时，那些存活下来的幸运者，是因为雄蕊生长得比较奇异，不能靠近花药，因为这样的原因没有办法给自己授粉的花卉，最后侥幸地生存下来了。经历过成千上万次伟大的进化，只有那些例外者成功地生存下来了。这些偶然性的成果通过遗传确定下来，但是原本正常的物种就不再有了。

12

在不久的将来，我们就会意识到上面的解释拥有的价值。让我们来重新亲近花园或田野吧！这样更能专心去研究花卉的智慧以及创造出来的几种奇特的功能。我们不用远离这间蜜蜂们常常进出的房间，在充满香味的花团里住着一位非常老道的“机械师”。就算是在农村生活过一段时间的人，也会知道有名的鼠尾草属植物。那只是一种很直率的唇形科植物，它毫无顾忌地生长着简朴平凡的花儿，它的花朵好像饿极了，把嘴张得很大，吸收路过的阳光。它还繁衍了许多变种的植物，但不是全部的变种都采用了我们一会儿就要去专门观察的授粉系统，它们也无法把授粉系统改进到最好的程度；这是很值得关注的细节。然而我们现在看到的只是最平凡简朴的鼠尾草属植物在这样的时刻，好像是在庆祝春天的到来，它开始用紫色的幕布，遮盖住我那橄榄木阳台的全部墙壁。我向你们承诺，皇宫中只为国王享用的那金碧辉煌的大理石露台，也不敢说比我的阳台打扮得更加气派、奢华，让人感受到舒适，充满香味。当炎热的天气到来时，你仿佛会感受到那是阳光的芳香……

我们再来说说那几个重要的细节吧！柱头或雌性器官包含在像风帽状的上唇瓣内，两只雄蕊或雄性器官也生长在那里。为了阻挡雄蕊传粉给在一个房子内的自己，这只柱头就长高到雄蕊的两倍，让它们丝毫没有非分之想。但为了尽可能防止意外出现，花卉让雄蕊的成熟比雌蕊早，这样一来，一旦雌蕊正好到了能受孕的时候，雄蕊早已经枯萎了。所以需要借助外界的帮助，让外来的花粉传粉到被丢弃的柱头上面，来完成这次授粉的结合，这个步骤不能省略。有一些花卉植物，例如风媒花，它是借助风的帮助。但是鼠尾草属植物本身就非常普通，它依靠虫媒来传粉，意思就是说，它非常喜爱昆虫并且必须依靠跟它们的合作。为此它还要知道更多的情况——它必须知道生存的世界里不要去期盼什么怜悯，也不要想得到任何仁慈同情。所以它不会想着徒劳无用、浪费时间去恳求蜜蜂的嗯泽。蜜蜂跟我们在这个世界中的一切生物一样，跟死亡做着斗争，蜜蜂之所以那么做，也是为了它的种属能够生存，而不是为了繁育花卉而甘愿来做这些事。如何才能让蜜蜂无拘无束，至少在不知觉的情况下完成对花卉婚姻方面的义务呢？那么请再看一下鼠尾草设置好的巧妙奇异的爱情陷阱吧！在它那用紫色丝线围织成的幕布后，分泌出一些花蜜来引诱蜜蜂。但是那里有点像荷兰吊桥的两根直立柱状的平行“杆子”，阻止了甜蜜液体的入口。每一根“杆子”顶端，长着一个大袋子，那便是花药，里面放满了花粉；在底盘下边有两只细小的袋子，就能发挥平衡锤的作用。蜜蜂要想在花丛中降落，只有用脑袋撞开那两只小袋子，才能尝到花蜜。那么缠绕在中线的两根“杆子”会立即翻转，顶上的两袋花药就掉下来，碰到蜜蜂身体的两边，把花粉撒下，遮盖住蜜蜂的躯体。当蜜蜂飞走了，有弹性的两根枢轴会马上反弹回来，然后把那个机械装置重新恢复到原来的样子，时刻准备着下个造访者的到来，继续做相同的工作。

这不过是戏的前半部分，后半部分是在另一场景里上演的。旁边刚好有一朵花儿，雄蕊枯萎了，与此同时，等候花粉的雌蕊就粉墨登场了。它慢慢地从风帽中探出，蹲下、伸缩、弯曲，接着变成了交叉的形状，阻挡着帐篷的进口。当蜜蜂过来采集花蜜的时候，它的脑袋只有在挂钩的叉子下面才能经过，然而叉子又触碰过蜜蜂的背后和两边，那也是雄蕊擦过的部位。一分为二的柱头就贪婪地吮吸着银色的花粉，最后成功完成受孕过程。另外，假如伸进半截麦秆或是火柴头，就能很轻易让这个不可思议的装备运行起来，而且能够清楚地看到它的行动和准确率是如此惹人注目和令人惊叹。

鼠尾草品种数量非常多而且复杂，大概有五百种，但是它们的学名并不是美丽动人的，大部分学名我就不一一列举了，仅仅提及几个，如草地鼠尾草、香蜂草（我们通常在花园里看见的鼠尾草）、红顶鼠尾草、野丹参、香茶菜、快乐鼠尾草、锥脚杯、天青、一串红（就是我们花篮中楚楚动人的鼠尾草）等。或许，那些品种里面无一种改动过我们刚刚观察的那套装置的一些细节。有一些品种的雌蕊经常会生长到正常长度的两倍，有时候也能生长到三倍，不仅仅让雌蕊钻出了风帽，还能在花朵入口前面如羽毛那样十分弯曲。然而这种“进步”，我认为是让人感到疑惑的。即使那样完全躲避了出现的一种危险，就是柱头通过在相同的花冠里的花药授粉的危险，但是另一面，如果雄蕊早熟现象不正常进行的话，当蜜蜂从花朵飞走的时候，它很有可能把跟柱头生活在一室的花药上方的花粉掉落到柱头上面。然而另外一些品种的鼠尾草利用杠杆运动，能够把花药往更广泛的领域传播，这样就能更加精确地撒到那些昆虫及动物的身上。后面，有一些鼠尾草，没有能够安排成功或调整好装置的每个部分。例如，就在水井旁跟我离得很近的那株紫色鼠尾草，还有在一丛夹竹桃围绕下，我看见了有着淡紫色的一种白花。这些花完全看不出有杠杆运动的提示或现象。雄蕊和柱头在花冠中间杂乱无章地堆在一起。好像这一切发生得很偶然，没有规律。

在我的面前，原始的白色鼠尾草花的现状杂乱无章，到草地鼠尾草的最晚的一些品种进行的创新，来重新建好一个完整的历史，来追溯每一个革新的阶段，这样那些到处收集唇形科花卉品种的人，应该是完全可以做到的，对于这些我不用去怀疑。我们还想得出什么结论呢？芳香植物的相似机制是否还处于实验阶段？像红豆草科植物的“阿基米德螺旋桨”能否摆脱“模型和试航”阶段？自动杠杆的优越性是否还没有得到认可？那么，难道这一切都是一成不变的也不是提前安排的？我们以为拥有命中注定、有机规律性的世界，但是某些人不还正在深入地探索与试验吗？本人曾用了四年时间，在鼠尾草杂交方面开展了一系列实验，主要是对花卉机制已经发展到非常完善的高级阶段的品种进行人工授粉的干预试验，使它们接受了一个相对落后的品种的花粉（当然在最开始时的阶段采取了常规的防范措施，避免风以及昆虫会造成的干扰）；反之亦然。不过我的观察次数还不是很多，请允许我在此下一个结论，就是从这个试验中发现的一个规律，那就是比较落后的鼠尾草总是非常乐意去采纳那些高级品种的优点，但后者却很难轻易接受前者的缺陷。这也许能告诉我们大自然处于生殖力高峰的时候，它的活动、习惯、偏好以及趣味方面的侧面情况。但是我的证据不足，进度也缓慢而漫长。因此现阶段想得到什么结论，感觉有点不太靠谱。

13

无论如何，大部分鼠尾草品种的花儿，在交叉授粉这个问题上，提出了比较吸引人的解决方法。就像在人类的世界里，有项发明出来后，很快会被一群模仿者利用并改进简化，在我们看来比较呆板的花卉世界里，鼠尾草的发明专利是一项经过精心构思才能得出来的结果，在很多细小的方面都进行了改进。你也许见过马先篙这种美丽而平凡的草本植物，它展示出来的就是一些比较巧妙的设置。它的花冠和鼠尾草花冠似乎是一样的形状，柱头和两个花药一块包在顶部的风帽里。只有雌蕊那细小末梢从风帽里露出来，花药却被紧紧地包裹住。两性器官靠在纤细的帐篷上，近得可以彼此触摸得到，幸亏有了一种跟鼠尾草不一样的设计，使自动授粉不能正常工作。事实上，花药变化成了带有花粉的两只囊，每一个都有一个相连的口子，却相互结合在一起阻塞了。它们生在像弹簧一样的花梗上，却被强制长在风帽里。想要进来的蜜蜂或者大黄蜂，就要把那些阻挡物挪开才能采蜜；等到昆虫飞起来，两只囊立即解放，扔落到昆虫的后背上。

但是花卉的智慧和才能不止如此。根据专门研究马先蒿属植物奇异机制的赫尔曼·缪勒的著作，他认为：（引用一个内容概要）

“假如雄蕊在维持自身相对位置不变的状况下接触到昆虫，那么没有一粒花粉会从它们身体上脱离，因为它们的开口是相互封闭的。但是有一种既简单又巧妙的设计却解决了这个困难。花冠的下唇瓣并不是对称的，也不是水平的，而是不规则、有点倾斜的，它的一边比另一边要高出若干毫米。大黄蜂假如想停在上面，就必须保持着一种倾斜姿态，这样，它的脑袋会反复撞在花冠不同的凸起部位。于是雄蕊就会接二连三地松动起来，把洞口打开，它们反复击打昆虫，把花粉撒播到昆虫身上。

“然后大黄蜂飞到另一朵花上时，它就自然无法避免地为这朵花授了粉，它的脑袋钻进花冠入口时，最先碰到的是柱头，花柱擦过它的地方刚好是雄蕊拍击到它的地方，也就是那只大黄蜂最后离开那朵花时，雄蕊触摸过它的位置。”

14

这样的例子太多了。每一种花卉都具有自己的智慧和机制，以及它们后天生长利用的经验。每当我们专门去深入研究它们那些创新的设置和各种各样的生存技能时，我们能立马联想到举办那些人类发明的机械展览会。但是我们刚发明机械工具时，那些花卉装置早就利用了若干年。你看花卉在地球上出现时，也没有可以模仿的东西，因此它们不得不依靠自身的资源来获取这一切才能。在古代，我们还用棍棒、弓箭或是连枷棍：或者在近代，我们发明了手纺车、滑轮、辘轳、夯锤；而在最近，或者是在不久以前（可以说是去年），当我们历经千辛万苦才设计出了精确杠杆立柱和平衡锤，而马先篙只做了一次科学试验，就把花粉囊严实地包裹住，来来回回伸缩它的弹簧，一遍又一遍演示杠杆运动了。早在一百年以前，谁会记起螺旋桨的性质？但是槭树和椴树天生就有使用这个的能力。等到何时，我们才能像蒲公英那样制造出坚硬、轻薄而灵动性极好的降落伞或是安全的飞机呢？等到何时，我们才能发现把一块轻薄的布料修剪成丝绸般的花瓣的秘密，找到像西班牙金雀花把金色花粉弹射到空中的那种坚韧弹簧呢？还有在这本书开始那段提及的喷瓜，谁又能告诉我它们的神奇力量呢？你知道喷瓜吧？这是原产在地中海的非常普通的葫芦科植物。它们全身长满刺头，像某些品种的小黄瓜一样，但是有着非常奇特的能量。一旦它长成熟时，你只要轻轻地碰到它，它就会突然缩回来，脱离花梗，然后从脱口处有力地射出一股含有种子的黏液，完全可以把种子抛射到离植株四五码[①]远的地方。我们也来做个比较，假如我们能够用一种方法把身体里所有的器官，通过这种收缩的方式，输送到距离皮肤半公里[②]

①1码=0.9144米。
②1公里=1000米。

的地方，那将是非常诡异的。

另外，还有大多数种子具有弹射的功能，并且能够使用我们几乎没有听过的某些能量。就像油菜籽和杜鹃花属的植物浆果发出的爆炸声。大戟是与生俱来的一位完美的弹射专家。它是我们地区的一种具有装扮功能的“杂草”，属于大戟科植物，它通常长得比人还要高大。刚好，我桌子上的水杯里就插有一根大戟树枝。它那有裂成三片的淡绿色浆果，里面含有种子。有趣的是，这些浆果裂开来，时不时就发出噼里啪啦的声音；种子马上获得了快速的原始速度，打在各个地方。假如有种子打在你的脸部，你肯定认为那是被虫子咬了，但是像针头般细小的种子竟然有那么神奇的力量。如果你认真去观察这些浆果，想去找出那些力量的来源，你会发现自己始终无法找到那股力量的秘密，它就跟我们的神经一样，用肉眼是看不到的。

西班牙金雀花是除了长着荚果，还在里面装备“弹簧”的花朵。或许你仔细观察过这些令人赞叹的植物。它是金雀花植物属中最引人注目的代表，它具有坚强、谦卑、热爱生活的特性，不挑剔任何土壤，不害怕任何艰难险阻；一个从小在路边、南方山区中成长，长成丛生的球状灌木，它可以长到三米高；在夏季，树上开满五彩缤纷的纯金色花朵，掺着老邻居杜鹃花的芳香；在炎热的阳光下，它们似乎更愿意露出欢乐的笑颜，它们如同天上的露珠、山上的泉水、山沟里的溪流和神秘洞天萤火虫闪亮的身姿……除此之外没法去描绘它们。

这种金雀花植物的花形好似蝶形豆科植物的花朵，跟我们园子里种的豌豆花类似；花托的组合形状好像古时候战舰的口子，里面包裹着雄蕊和雌蕊。只要花儿没有完全长熟，蜜蜂们就不能进来。如果被囚禁着的新娘和新郎的青春期到了，那道口子就会因为昆虫爬上来而下垂；金色花朵的房间马上炸开来，用力地喷射出一大片闪亮的花粉，洒落在那位来访者身上，散落在周围的花卉上，就在此时，犹如一块巨大花蓬的宽大花瓣小心翼翼地蹲下身来，掉落在即将受孕的柱头上面。

15

我愿意推荐有意去专门深入研究这些问题的人，认真地读一读克里斯蒂安·康拉德·斯普兰盖尔的著作，他是最早一个研究分析兰科植物不同器官之间相互作用的人，在他早年那本独特的著作《大自然中发现的奥秘》中，就已经提及。然后，也可以继续读读查尔斯·达尔文、赫尔曼·缪勒博士、希尔德·勃朗特、意大利人戴尔·比诺、威廉·霍克先生、罗伯特·布朗等相关研究者的著作。

在兰科植物身上，我们将发现植物机制最完美、最和谐的展现。在那些奇特的花卉身上，植物的智慧简直达到了顶点，它们以非凡的才能力图突破动植物那道障碍门。但是，请不要误解我们，在这里只是提及一些珍贵稀少的花卉，只是谈及那些愿意装在金银器中的温室花卉，并不愿得到园丁护理的花卉。我们那里的野生植物群（也包括那些卑微的“杂草”）预计超过二十五种兰科植物，其中也有最复杂、最小巧的品种。这些兰科植物也是查尔斯·达尔文在《论昆虫授粉兰科植物的各种创造才能》一书中研究分析的对象，那本书详细记载了花卉英勇机智、为生存奋斗的精神。在这里用几句话来概括那部内容扎实丰富的传记是不太可能的。既然我们要谈谈兰花的智慧和习性——这种花卉能够要求蜜蜂或蝴蝶一定严格按照它规定的时间、期望的目标去做事，在这方面的智慧，其他花卉植物不能与之相提并论。

16

完全不用图解的方式来分析兰花那极为复杂的植物机制，是一件非常困难的事。但是我会采用比较相近的方法来补充说明，同时也要避免用到“粉腺”“唇瓣”“蕊喙”之类的专业学术语，毕竟那些专业术语很难引起学生对植物形象的认识热情。

我们选择一些地区分布最广的兰科植物来说说，例如叶片外形比较大也容易发现的红门兰，不，应该叫它阔叶兰、阔叶沼兰，俗称草地火箭。那是一种多年生兰科属植物，长不到30厘米的高度。平时，在树林或是阴湿的草地中很容易看到。它的花儿常在5月、6月份绽放，是粉色的小花，长着聚伞圆锥花序。在兰科植物里属于典型的花，形状仿佛是中国龙张牙舞爪的嘴巴，长得参差不齐像齿状裙子下垂的下唇，为蜜蜂停留提供地方。上唇呈圆润的风帽状，挡住重要的器官；除此以外，在花朵的另一面，悬挂着一个细长的尖角，里面装满了花蜜。大部分的花卉柱头或者雌性器官就像带有黏性的小墩子。而长在纤细的花茎上的小墩子正在耐心等待花粉的到来。但是在兰科植物属中，这样的设计很难去辨别。在口子里面，大概在喉结处，有两个紧紧相连的柱头，上面长出了第三个柱头，这是一个变形的奇异器官。这种柱头上面有一种长得像酒杯的小袋子，这就是人们常说的“蕊喙”。在酒杯的黏液里泡着两只小球，这些小球长出两根压着小包的短茎，那里面小心翼翼地包裹着花粉微粒。

现在我们就来看一下，当一只昆虫突然进入花儿里面的时候，究竟会发生什么事。它爬上等候许久的下唇花瓣上，因为有花蜜甜美的香味引诱，它想爬到底部的角状容器里。由于那条通往花蜜的小路设计得很狭窄，昆虫走进来时肯定会碰到酒杯。那容易裂开的酒杯就沿着一条适宜的线路打开来，让泡在黏液中的小球溜出来。这些小球跟造访者的头部一碰，就紧紧把它的脑袋粘住；当昆虫爬离花朵的时候，就不得不把那两个小球跟长在两根短茎上的花粉包一起带走。这时候的昆虫好像是脑袋上长出了两只挺立的瓶子状的角。这个工匠无意中完成了一件艰难的事，然后又会去旁边光顾另一朵花儿了。如果头上那两只角依然挺立，那么它就会自然带着花粉去接触在时刻保持警惕的酒杯里的花粉块，这样一来，花粉们混在一块就不会发生什么意外了。在这里，兰花的才华、经验和智慧就展现了出来。它能够精确地计算出昆虫到下一朵花儿需要的时间，它肯定这样的过程是三十秒钟。我们刚才已经观察到，花粉是在短茎上两根黏性小球那里。有一个设置是等昆虫在第三十秒钟的时候，长在根茎下的进口处轻薄的小圆盘，立即收缩短茎往前冲，变成九十度的弧形。这是一个新的计算，不是时间上的，而是空间上的。两只花粉角戴在昆虫使者的头上，呈水平的样子，指着昆虫的前方。当昆虫闯进另一朵花时，两只角刚好能碰到酒杯下粘着的两个柱头。

这还不是兰花所有的才能，它还没用完它的先知能力以及展现所有的才华。当花粉块受到柱头的碰撞，就会自然地抹上一种黏性物质。如果这种物质跟酒杯里的黏性一样强时，短茎被断开后，花粉块就会跟它紧紧粘在一起，这样花粉块就失去目的了。但是事情不应该这样发展下去，花粉能成功授粉的机会不是只在一次冒险中就消耗掉，而是应该每次都有所增加，这样做很有帮助。兰花除了善于准确计算时间和设置路线外，还是一个出色的化学家，它能够从中提炼出两种胶体：一种黏性非常强，一旦接触到空气就变硬了，能把花粉角紧紧粘在昆虫的头上；另外一种黏性就没有那么强，只适合在柱头使用。尤其是后一种胶能够用得恰到好处，就能够解脱或是打乱包在花粉颗粒上轻薄有韧性的丝绒。有一些花粉颗粒粘在胶上，但是花粉包没有被破坏；当昆虫进入花儿时，还会接着进行授粉，不用担心会停止工作。

我是不是已经描述了它所有不可思议的事情了呢？显然没有，接着将提及被我遗漏的一些细节，尤其是小酒杯活动的例子。当它的薄膜裂开溜出黏性小球时，它就会马上牵起下面的部分，能够使昆虫在黏液上安全地运走花粉块。除了这一点，我们观察到当昆虫的头上粘上花粉的短茎时，有一种非常巧妙合成的辐散，这个所有的植物共同存在的某种化学措施是相同的。加斯顿·博尼埃先生做过一个实验，好像就已经验证了每一种花卉植物都能分泌出一种化学物质来抵制或清除外界的花药，来保证遗传自身种属的完整性。以上所提到的一切都是我们观察到的；但是这里与其他地方的情况一样，我们的专注点正是那些不可思议的事情开始发生的地方。

17

刚才，我在橄榄园那没有翻走的土地上发现了一支灿烂的羊臭兰，我不知道达尔文是不是忽略了对这个品种的研究，这或许是它在英国很少见到的原因。但是这个品种特别值得我们对它进行研究，它是我们当地全部兰科植物中最令人感叹的。如果它能长到美国兰那样高，你就会相信在这个世上没有什么比这个更惊奇的植物了。你不如想一想，它那聚伞圆锥花序，很像风信子那样，但是比它高出一点。它的花序上长着普通的三只角的花朵，绿颜色稍微淡了一些，点缀上一些淡淡的紫色。花瓣长出的部位，镶上古铜色肤色，长长的胡须让人感觉是淋巴结；这种花瓣让人感觉好像是一条非常细长的螺旋形的带子，它的颜色使人想起了在河里泡了很久的尸体。这种花卉能够让人感觉到那是充满恐怖的疾病，像是绽放出了某个具有魔鬼的神秘地带；它的气味好像让人感觉到脏臭的山羊散发出来的令人恶心的味道，还飘得特别远，来证实自己存在的古怪行为。我之所以在这里描述这种令人厌恶的兰花，是因为它在法国是非常容易见到的，根据它的基本外形和生殖器官轻易就能把它认出来，很适合做实验使用。但实际上我们只要用一根小火柴伸进它的花朵里的蜜腺上，就能看到它授粉变化的经过。火柴碰到了蕊喙，它就掉落了下来，露出支起两根花粉茎的一个黏性的小圆盘（羊臭兰只有一个小圆盘）。当火柴头被小圆盘牢牢地吸住时，两只包裹着花粉球的花囊就会裂开；一旦火柴被拿出来，火柴头上就紧紧带出两只分叉的硬角，每一只角的末端都长着一个金色的小球。但是遗憾的是，就像我们做阔叶兰的实验那样，在这里却不能非常准确地观察到慢慢出现倾倒的美妙情景。为何它们下垂呢？这时候只要把我们带有花粉角的火柴伸到旁边另一个蜜腺里，就会看到这样做依然没什么用处——这种花比阔叶兰的花稍微大一点，当昆虫背着花粉包闯进有巧妙设置的花蜜角的时候，这些花粉包依然能碰到柱头的高度，让它成功怀孕。

顺便说一下，为了增加实验成功的概率，选取一朵比较成熟的花是非常重要的事情。我们或许不懂什么花儿才是成熟的，但是昆虫和花卉就能够体会到，因为花卉自己放出全部装置时，会生出花蜜，邀请需要它的来访者。

18

以上的传粉方式是我们地区兰科植物采用的基本方法。但是，不同种属的花卉，都会有根据自身的习性来决定或者完善传粉的过程。例如兰科植物中最聪慧的红门兰，它的下唇瓣长着两个细小的凸脊，能把昆虫引向花朵的蜜腺里，引诱它按照自己的要求去做。达尔文很巧妙地把这个设置比喻成穿针引线的工具。这里还有一个很好玩的改善，那就是泡在酒杯中的两只带着花粉茎的小球，被一只长得像马鞍的黏性圆盘替代了。假如我们用一根细针沿着昆虫进入的花朵里的路径，就会马上看到这个简单而实用的设计具有的过人之处。当细针触碰到酒杯时，酒杯就会沿着一条对称的线开裂，露出马鞍形状的圆盘，同时粘住细针。假如你立即把细针拿走，就会有机会看到这个马鞍状的巧妙动作，它坐在细针头上，向里面收缩两边的侧翼，来紧紧抱住支撑它的东西。这样做能够加强马鞍的黏性，从而保证花粉茎分出叉来。这个分叉比阔叶兰准确得多。当马鞍搂住了细针，花粉茎就会因为马鞍的收缩而分开，然后花粉茎就马上接下来做另一个活动，蹲下身凑到细针的另一边，这样的方法，跟我们之前研究过的兰科植物属是一样的。以上两个组合的活动，在三十到四十秒结束。

19

人类取得的创造性的成果，不也是经过不断创新和完善，一点一滴地获得成功的吗？尤其在新工业的机械方面，比如点火装置、燃料汽化、离合器、变速器，我们不也是一步步对一些细节进行不断的完善的吗？看来我们与花卉有着几乎相同的思维。它们也在困难中探索，会遇到一样的困境和未知的敌意。它们也一样有过相同的失败和胜利。它们和我们一样拥有耐心、自爱和坚强，也拥有很多才华、希望和理想。它们跟我们一样有着懒惰的习惯并也在努力为此去改变、去抗争，但是这种懒惰的力量却成全了它们。它们与生俱来的想象力，不仅追求令人感叹的崎岖道路，也同样追求深谋远虑而细微的方法，并且同样在无法预知的未来和某种超越的力量的引导下——在忽然间，就能把某种不确定的方向确定下来。例如出现大量发明家的兰科植物中就有一种植物是这样的——卡塔塞蒂兰，一个自身充满缤纷色彩的美洲种族，由于一种强烈的灵感，突然在一夜之间，改变了它原先具有的一些生活习性。首先，性的区别是非常绝对的，每一种性别，都有属于它自己的花卉。其次，充满胶质的小酒杯不再把花粉包或花粉块泡在里面，也不会被动等待好机会，才能使它粘在昆虫的脑袋上，而是在子房室设置好向后弯曲，然后坐在一根弹性极好的弹簧上。也不再有任何吸引昆虫进到花朵的化学物质。卡塔塞蒂兰跟普通兰科植物不再依靠造访的活动，你可以相信这样的活动是精确无误的，但同样也是不可预知的。不是，应该这样说，昆虫进来的不再是拥有令人感叹的装置的花朵，而是一种感觉特别敏感的花朵。当昆虫一闯进富丽堂皇的外庭，它就不能躲开特别敏感的胡须，它会立即向整个宫殿发出警报。子房小室立马开裂成几块，花粉块也分成两个花粉包，花粉包被囚禁在向后弯曲的花粉茎上，而整个花粉茎是被一个黏性较强的圆盘支起来的。这时，因为突然被解放了，花粉茎就立即像弹簧那样挺立起来，两个花粉包和一个黏性的圆盘就被运走了，有力地弹射到外面。经过弹道学的严格计算，圆盘飞出去会精确击中并粘住昆虫。被打晕的昆虫只有尽快逃离那个具有攻击能力的花冠，逃到旁边的花儿里去避避难。而这正好是美洲兰花所希望的。

20

接下来，我打算说一下另一种引进的外国的兰科植物杓兰，回顾下它那些有趣而实用的机制。在这里先例举一个有趣的反证，使我们将永远铭记着人类发明创造所走过的那迂回而曲折的道路。你想象一下有一天，一名装配工在发动机房里，或是学生在实验室里，对他的领班或指导老师说："假如我反过来做会怎么样？假如我们反过来操作会怎么样？假如我们把混合液体的顺序放颠倒，会怎么样？"就这样发展，我们再试着做了一次，出乎意料的事情就在未知中发生了。

或许你都不会相信杓兰之间也会有这相同的沟通。我们知道杓兰长着鞋状的下巴，拥有非常刻薄的面孔，它是我们温室里最独特而典型的兰花（俗称“女士便鞋”）。杓兰非常勇敢地简化了所有敏感复杂的装置：有弹簧性能的花粉包、分叉的花粉茎、黏性的大圆盘和巧妙的胶质等。鞋状的下巴和光溜溜的花粉阻挡了入口，这就迫使昆虫用嘴穿过两小堆花粉。这还不是最主要的发生改变的部位，令人感叹的不是柱头这样的雌性器官，而是花粉自身是黏性的，这跟我们之前观察到的其他兰科植物的情形刚好相反；而且花粉的微粒也不是粉状的，而是披上了可以拉长的胶质外衣。这样的创新设置有怎样的利弊呢？缺点是，昆虫带走的花粉会粘住任何东西，不仅是柱头；优点是，柱头自身不用再分泌任何阻挡外界花粉的液体了。但是不管如何，这个问题需要专门的探索研究。而且，杓兰还有一些创造发明和其他功能，我们现在一下子也领悟不透。

21

在谈完兰科植物那个奇异的家族之后，我们还要说一下一种附属器官。那就是蜜腺，因为它是整个装置的发动机。正因为这样，它体现了物种本身的智慧，是物种开展研究和实验的对象。这些持续改善最基本的器官的研究活动，充满了智慧和多样性。

正如我们观察到的那样，蜜腺是一种修长而带着尖角的器官，它刚好长在花的底部、花梗的旁边，对花冠起着平衡的作用。它自身就含有蜜汁，正是蝴蝶和其他昆虫的食品，蜜蜂能将它变成蜂蜜。所以，蜜腺的主要任务就是负责吸引那些远方的客人，它必须符合昆虫的口味和习惯，并总是按照一定的要求，只有昆虫非常细致和心甘情愿地按规律做事，才会被允许伸进或缩回吸蜜的喙嘴。

我们已经细致地分析了兰科植物的奇异特征和想象力，可以知道它们非常注重实际运用，擅长细微地观察，富有创造力和探索精神，自身也在这种精神下进入了无拘无束的发展空间。这并不是一时就能做成功的，那些适应能力强的器官往往会给自己更多的灵巧性。例如有一种万带兰，也许因为某种原因而失败，没有成功合成能够快速硬化的黏液使花粉包粘到昆虫头上，只能在昆虫通过花蜜狭窄的通道时使其停留更长的时间，来克服那样的困难。然而，花卉设计的迷宫是如此复杂多变，以至于那位画功扎实的插图画家鲍尔不得不放弃绘画的想法。

有些花卉大胆地简化了这个巧妙设计来进化，它们果断地放弃了花蜜的角状物，于是一些奇形怪状而饱满多汁的肉质物体长了出来，引诱昆虫来撕咬。这些物体随时等待着客人来品尝，而且立即启动所有的花粉装置，关于这一点，是否还要再做一些补充解释呢？

22

我们接下来讲述一下拉美大花兰的“诱饵”，来结束这些令人惊奇的故事吧，而没必要在兰花的数量、各种各样的计谋上讲来讲去。事实上，我们很难立马断定，自己是在跟什么样的生命交流。那种令人感叹的兰花做了这些设计：下唇瓣长得活像一个吊桶，来接住来自上面两只角分泌的干净而源源不断的水珠；当吊桶快要接满水的时候，水便会经过附近一条边沟或是凹槽流走。整个水力装置就使人感叹不已，但是这个组合装置却有着令我觉得很悲惨的一面。两只角分泌出来的液体都集中在那个水盆里，但是这种液体不是用来引诱昆虫的，而是另作他用。我在之前就提到一种饱满多汁的肉质生物会发出一种奇特的香味，来诱惑那些天真的昆虫掉到陷阱里面。这些生物生长在吊桶的上面，好像一间房子，两边有裂缝作为进出的门户，那些造访的大蜜蜂开始撕咬甜美的种阜。这些大型的花卉大多数是诱惑大型笨重的膜翅目昆虫，好像其他的昆虫都非常害羞走进那么富丽堂皇的厅堂。假如蜜蜂独自飞过来，吃完后，也会悄悄地离开，不会去触碰那些盛有水的吊桶、柱头和花粉；如果这样发展下去，那么兰花希望的事情就不会发生。不过那些聪明的兰花观察了四周的情况。它知道蜜蜂是一个庞大而贪婪的组织，时常在阳光灿烂时成群地飞出来，只要是有好似轻吻般的花香飘散出的花朵，就会立马引诱成千上万的蜜蜂赶来新婚帐篷里赴宴。因此充满甜蜜的花室里时常会有几只蜜蜂争着来觅食，因为那里的空间非常窄，墙壁是润滑的，为了争夺美食，客人们非常粗鲁，它们相互扭作一团，结果总会有一些蜜蜂掉进下面危险的吊桶内。掉进吊桶的蜜蜂获得了一次出乎意料的沐浴，弄得自己晶莹剔透的，但是却任凭费多大力量扇动翅膀，也无法重新飞起来了。这就是诡计多端的兰花布下的陷阱。如果想要离开那个奇特的吊桶，仅有一个出口，那相当于一个排污通口的边沟。边沟所在宽度刚好适合昆虫通过，昆虫背部会先碰到柱头黏性的表面，接着会触碰到花粉包上这些黏性腺体。就这样，昆虫带着那些粘着满身子的花粉逃离到另一朵花里面，重新上演着盛宴、推挤、掉落、沐浴、逃跑的事情，难免不会让带进来的花粉跟那些贪婪的柱头发生关系。

这就是我们见到的擅长利用昆虫激情习性的一种花卉。或许有人以为，这些是不是有点浪漫的解释呢？不，这些事实都是根据精确的科学观察得来的，用其他方式来解释这种花卉器官的用途和布置是不科学的。我们也应该接受摆在那里的真相。这些很难令人信服又灵敏的机谋，并不是想直接去满足口腹之欲（最笨拙的智慧也会因为这样做而变得敏捷），更令人感叹的是它只是一个遥远的理想物种属的传播繁殖。

但是，我们或许会遇到质疑，为什么那些奇特而复杂多变的装置会增加风险呢？对于这样的问题，我们也不用急着去回答和判断。因为我们对这种植物的各种各样的理性需求一无所知。是因为我们在理解这种花卉时，思维和逻辑方面遇到阻碍了吗？我们了解它的生长和生存的习性。哪怕只是一种规律，一旦我们想征服宇宙空间，如果有人在金星或火星的高度来观察我们，他也许会问："你们为什么还要设置那些奇异、不美观的装置——气球、飞机、降落伞呢？你们只要模仿飞鸟的形状，安装上两只翅膀就够用了啊！"

23

对于有点自负的人类来说，经常会用迂腐的眼光去反对这些智慧的证据；确实，植物们创造了奇迹，那些是永恒不变的。每个花卉的品种与变种，都有自己进化的机制，一代传一代，没有显著的改变。自从我们在过去五十年里观察花卉以来，我们没有看到过拉美大兰花或卡塔塞蒂兰对"陷阱"装备的进化，这是事实。但是我们所说的一切，可不止这些，我们是不是已经把基础的实验都做完了呢？就像我们把令人感叹的诱惑蜜蜂沐浴的兰花放在不同的环境中或是面对一群不匹配的昆虫时，一百多年后，它们的后代又会进化成什么样呢？除此以外，我们给它们命名，最终也只是自欺欺人。我们自以为想象出来的、被“创造”的种类不会改变，但是它们可能随着岁月和环境而潜移默化地进化自身的器官。

花卉比昆虫先出现在这个大陆上，为此当昆虫出现时，花卉又不得不进化自身的构造系统，来适应那些合作者的生活习性。在我们什么都不知道的世界里，就这一个地质学上的真相，也可以证明什么是“进化”。这个词义有些含糊的词语，在根本上不正是意味着改变、适应和智慧的不断发展吗？

进一步说，如果不借助这史前发生过的事情来证明，收集大量的事例来证实适应环境、智慧的改善不是人类独有的东西，这也并不是难事。这里不用重复我在“蜜蜂的生活”这个主题中所做的详细描述，我只想简单回忆一下在里面提及的跟这个主题相关的情节，例如在蜜蜂创造出蜂箱这件事上。在蜜蜂处于野生生活状态的时候，它们都在露天活动。因为在我们北方，气候不稳定又寒冷，它们选择躲在岩洞或是树洞中避寒，这个想法使原来只能围着蜂巢不动以保持热量的蜜蜂，立即恢复了往常的采蜜行动，并且有充足的时间照顾蜂卵。回到温暖的夏季，蜜蜂们又回归到它们祖先的热带生活习性，这样的事情很正常，尤其是在南方。当我刚写完这些字句时，正好是布维耶先生在科学院宣读一篇论文的时候。论文主题是关于在巴黎观察到的两只露天营巢，一个巢搭建在日本槐树上，另一个巢则搭建在七叶树的上面。后一个巢挂在一根小树枝上，小树枝的两个枝杈靠得非常近。后者在这些艰苦的环境中显示了顽强灵活的适应性，所以比较突出。

德帕维尔在1906年5月31日《争鸣日报》科学专栏的一个提要中写道：“这些蜜蜂立起结实的柱子，采取了非常巧妙的保护手段，最后利用七叶树的两个枝杈搭建成坚实的顶盖。就算是一个能工巧匠也未必能做得这么好。”

“为了能防雨和遮阳，它们还安装了篱笆，搭建了加厚的顶棚或遮蔽物。现在这两只营巢都在博物馆里，也许你难以理解蜜蜂完美的劳作，除非你亲眼看到这些巢是如何搭建的。”

有这样一个例子，当黑蜂被移居到澳大利亚或是加利福尼亚以后，就完全改变了生活习性。一两年后，它们发现这里常年都是夏天，花儿常开不谢，因此每天都采食日常用的花蜜；它们对于这个新的发现认真观察后，还丢掉了原来世代相承的经验，不用事先准备粮食过冬了。布科纳提出了一个相似的事实，也同样证明了蜜蜂对环境的适应不是缓慢、无意识、消极等待的，而是迅速、有意识、有针对性的。比如在巴巴多斯，成群生活在提炼厂周围的蜜蜂因为常年都能在这里找到食糖，所以它们就不去采集花卉的花蜜了。

我们最后来回忆一下蜜蜂是如何有趣地反驳两位有才华的英国昆虫家科尔和斯潘斯先生的观点的。他们这样宣称过：“请向我们展示一个这样的证据，就是蜜蜂受到环境的压迫，会产生用黏土或泥浆替代蜂蜜或蜂蜡的想法；只要向我们展示出来，我们就完全认同蜜蜂拥有独立思考的智慧。”

他们刚刚非常傲慢地表述了自己的观点，另一位叫安德烈·科奈特的博物学家，就把蜡和松脂调成一种混合物抹在树皮上，看见它的所有蜜蜂都放弃了蜂胶的开采，而来利用它们周围随处可见的、尽管还没完全了解的东西。除此以外，在养蜜蜂的实践中，如果缺少了花粉，养蜂人就会放进一些面粉让它们食用，让它们立马就知道，面粉的味道、颜色、气味跟花粉不一样，但是同样可起到花粉的效果。

我在想，我把以上阐述的道理，只要做一些细节上的改变，也一样可以在花卉王国里面得到验证。我在前面已经提到，曾经做了一些鼠尾草属植物的简单实验，对它们令人感叹的进化成果，做了更多细节上的探索。同时，在其他方面很容易找到相关事例的材料，我想说一下巴比内做的一项有关谷类的实验，这个实验告诉我们当某些移植的植物在离开了原来熟悉的环境以后，就会像蜜蜂那样善于观察、重新利用新的环境来生存下去。正是这样，在亚洲、美洲和非洲的一些干旱地方，小麦不会遇到冬天寒冷的袭击，所以它们回归到原来的生活状态，成为像草一样常年生长的植物，它们绿油油的，利用根系繁殖，而不是结穗或生长出麦粒。再说，假如把它从热带的土地上移走，来适应那些北方寒冷的地区，它就不得不改变原先的生活习惯，创造出全新的繁殖方式。像巴比内说过的那样："因为有一种令人感叹的奇迹出现，植物的机体仿佛预先知道只有经过种子的阶段，才能成功避开在冬季那严酷的环境中死亡。"

24

为了反对那个论点，我们已经有点跑题了，但是不管如何，这证明了人类之外还有别的智慧存在，并且在不断进化就够了。但是，除了反对那样没有意义、过时的观点，从中获得安慰外，花卉和昆虫与生俱来的智慧，却终究没有太多的意义！如果我们谈到兰花和蜜蜂这些话题，我们会说那是大自然的赐予，而不是这些植物或长翅膀的昆虫自身拥有组合、发明、盘算、独立的思考能力，可是结果又能怎么样呢？用这样的区分方式，对我们能产生什么好处呢？一个更有远见，更值得我们去思考的问题，超越了那些烦琐的事，我们要做的是理解和接受这些普遍的智慧存在的特性、品质或是目的，因为它们是地球上进行的所有智慧活动发生的源头。只有从这个观点出发，我们对那些生物的探索研究，尤其是对蚂蚁和蜜蜂的研究，才能成为我们理解非人类智慧形式最美妙的事情，这些生物的智慧与理想表现得特别明显。按照我们所验证的一切来看，这样的趋势相对于兰花或是同样群居的膜翅目虫来说，一样是复杂多变、不可思议的。顺便说一下，即使我们很容易理解不动的花卉身上暗藏的目的，及全部的动机和智慧的论证，但是在那些经常活动的昆虫身上还有很多动机和智慧，因为很难去观察，目前还没有引起我们的关注。

25

当我们感受到大自然和兰花世界里一直发生着相互的作用，这种常见的智慧或者才能（名字倒不是很重要）的时候，我们又发现了什么呢？的确，我们会发现还有很多东西。因为这个实验课题能为漫长的研究提供很多方便，我们必须先确定兰花具有的美的观念、引诱的方式、审美的趣味，其实与我们非常接近。不，应该是说我们和兰花保持了一致更为准确一些。实际上很难去认定我们是否创造出了一种属于人类的独特的美。我们在建筑和音乐方面的灵感，色彩和光线的协调，都直接借鉴了大自然。一个人如果没有对大海、山川、天空、白天和黑夜有过记忆，又怎么去定义树木的美？我所指的树不仅是森林中的树木，还有这种树代表着的一种大地的力量，或是我们本能的意识或世界能量的源泉，我还特意指树木自身，一棵独自生存的树，在经历岁月磨砺后却青翠地蓬勃向上。这些所有的记忆就在我们的毫不知觉中，成为人生中一块宁静而幸福的净地，在我们当中又有谁的记忆里没有几棵美丽的树木呢？当一个人走到了人生的一半，当他达到了人生某个阶段的顶点，当他几乎用尽了岁月的艺术、才华和奢侈，奉献了我们所有的景象，在经历过很多景象以后，他又回到了那个简单而平凡的记忆当中。这些纯美的记忆在纯净的天空耸立起几幅纯洁而清新的图画，要是这些图画能有一幅超越两个世界的隔膜，他一定期望带着它一块长眠。但是对于我本人来说，我没法想象天堂的生活，也没想过死亡后的生活是怎样的，无论它曾有多少辉煌的历史——在那里应该长满了一种伟大的山毛榉，或是在佛罗伦萨或在我住处周围一块幽静而迷人的地上种着柏树或伞松，不过无论是哪种树，都能够为过往的路人提供一种伟大的姿态，那就是理所当然的抗争、勇敢的毅力、朴实的严肃、低调的胜利，永不言弃。

26

但是我们已经跑题太远了。对于花卉，我只想说，当大自然表现出美丽、舒适、快乐而幸福的一面时，它与我们有相同的表现，它的独特之处就是任由我们消费。我也知道这样说出来，有点像一个主教居高临下的口吻，因为主教过去经常感叹上帝总是让河流途经大城市的周围；但是，从来不以人类的角度去察看这些事物，是一件非常困难的事。所以从这个角度出发，我们不如这样以为，假如我们不去了解花卉，我们就会对幸福的各种各样的现象知道得越少。如果要衡量花朵那美与快乐的力量，你一定要住在乡村，那里花卉成片生长，像在西亚涅河和勒卢河之间的普罗旺斯省的一块地方，也是我现在写着这些文字的地方。在这里，花卉是山川和山谷中唯一的主宰。在当地，农民已经没有种小麦的习惯了，他们现在只想做满足于生活的人，仅用甜蜜的花香和鲜美的蔬果来维持生活。田野里满是那些不断更新的巨大花朵，十里飘香，香味在湛蓝的天空下跳着快乐的舞蹈，常年不停止。堇菜花、石竹花、水仙花、银莲花、紫罗兰、含羞草花、风信子、长寿花、木犀草花、茉莉花、晚香玉，占据了白天黑夜、春夏秋冬。但是，最辉煌的时候属于5月的玫瑰花。在那时候，从远处眺望，你会瞧见从山坡上到平原的低处，在葡萄林和橄榄森林的土堤间，玫瑰花仿佛是花瓣的河流，四处流动，在房子和树木中浮现出来。这是一条青春、健康与开心的五彩的小溪流。这样的芳香，热情而纯洁，令人感到舒适，眼前一亮，人们或许以为，这种芬芳成就了这样的天国，直接来自天国福地的源泉。大路和小路就像图案雕刻在花瓢里，铭刻在名副其实的天堂上边，在那里，人们好像第一次拥有了视觉上的幸福和快乐。

27

回到我们人类自己的角度，为了保持必要的魔幻性，让我们一起对第一个设想再补充一点点不是那么冒险但是意义广泛且富有成效的意见吧！生存在地球上的生物的智慧就是整个地球的智慧，在生存问题面前，它们的手段和逻辑与我们人类没有任何区别。它们用的手段和我们的几乎一模一样，它们也会常常重复性犯错，也会自我修正。它们为了生存竭尽全力，就像我们的能工巧匠在实践中一点点积累着，进行技术的发明创造一样。它们和人类一样，在生命中与沉重、黑暗及艰难进行着不屈不挠的斗争。它们的目标感不如我们人类，但是它们一向善于在行动中不断修正方向，以便逐渐找到正确的道路。它们的理想常常不甚清晰，但是我们依旧可以从中发现很多东西，那些关于生存的、更加热情而复杂的路径与方法。在物质世界里，它们支配资源，了解各种力量的奥秘，但是我们人类对这些力量毫不知情。不过就理性意义上来说，严格界定的话，它们只是占有了我们的星球。到目前为止，我们还不能够证明它们已经超越了自身的局限性；如果它没有从地球之外的外星球获得其他资源的意愿，是否就意味着外星上不存在其他的生命形式呢？是否就意味着人类的思维方式是唯一可能的高等思维方式？是否就意味着人类没有走向歧途？是否就意味着人类不是什么意外，而是这宇宙当中表达自我意识最强烈、表达自我形态最多样的生灵？

28

这就涉及我们的意识到底是以什么作为检验标准的问题，这个问题也许来得太晚了些。时至今日，柏拉图的比喻已经不能概括新出现的种种问题，我指的是那个著名的洞穴问题。但是，就算是我们试着用更新、更准确的比喻来替代它的话，也不会比柏拉图用的那个比喻好到哪里去。现在，我们来假想一下，洞穴无限扩大，光线无法照射到洞里，这个洞穴有它自己的渠道获得我们现代文明的一切，人类就在这个洞穴中出生，因为从不知道光明的概念，所以我们也从来不会怀念光明；我们不会有“盲人”这个群体的概念。我们的眼睛也不会退化，还有可能会进化成身体上最敏感的触觉器官，因为我们不需要看任何东西。

为了和我们现有的生活更有对比性，现在，我们来模拟一下这些生活在黑暗和未知空间中的人们的生活场景吧！太多难以想象的错误、太多难以置信的偏差、太多令人震惊的误解都会出现。然而，偏偏是它们，创造了用于光明的工具，他们对这些工具巧妙的使用方式是那样的令人感动！他们会有多少次正确的推测？他们曾经想尽一切办法使自己的工具适应黑暗的无常，一旦他们面对光明，他们看到自己制造的工具原本的用途，他们到底会有多惊愕？

对比一下我们自身，他们的处境看起来毫不费力，生存起来极其简单。他们就这样在生存的谜团中匍匐前进，而这谜团是有限的。他们被剥夺的仅仅是对光明的感受，而我们所缺失的东西单在数量上就数不胜数，他们错误的原因只有一个，我们就多得不胜枚举。

既然我们也生活在这么一个洞穴里面，那么，证明一下那股使我们置身于洞穴中的力量一直在起作用，甚至在某些方面和人自己的表现一模一样，这不是一件很有趣的事情吗？这样讲的话，我们在地下黑暗洞穴里感受到的微光倒可以使我们不至于弄错我们在洞穴中找到的工具的用途，这些微光很大一部分就是这些昆虫和花卉们带来的。

29

长期以来，我们对于自己在地球上的地位一直怀有极为愚蠢的傲慢，总以为自己是最神奇的、独一无二的、极其偶然的生命存在，以为我们来自另一个世界，和其他生命没有其他的必然的联系，而且，总以为我们拥有非凡的力量。在我看来，我们还是少一点这样的傲慢为好，因为从科研成果当中我们就可以知道，在大自然的正常演进顺序里，奇迹性的东西往往最难长久。知道我们和自然界的生物没有任何区别，我们都遵循着同样的灵魂轨迹，这对于我们来讲是那么的欣喜。——尽管这些不符合我们在正义和怜悯上的社会理想。在开发未知的领域方面，我们常常需要效仿他们的办法，用来改善我们自己的生存条件，还要利用一些额外的方式方法。在这个世界上，并不存在其他过于巧妙的捷径；我们就生活在现实里，就生活在宇宙中某个正好为我们创造的位置上。——这个充满未知的宇宙就是我们安身立命之所在，它的思想并不难以捉摸，而是和我们的思维方式存在很多的相似甚至一致之处，确信以上的事实，是件令人欣慰的事情。如果大自然开始表现得拥有超凡的智慧，表现得在任何事情上从不出错、完美无缺，这反而是十分令人恐惧的。这就会使我们人类觉得自己是某种其他力量的牺牲品，而我们自身则会对了解这种力量丧失任何兴趣。这种力量，从智力水平上来看，和我们十分相似，或者稍好一些。我们的智力和大自然的智力同样来自对资源的储备。我们同处于一个世界，我们是平等的事物。和我们产生联系的，并不是无法接近的神灵，而是隐藏不露但十分亲近的兄弟意志，在偶然中发现这种意志并加以正确引导，是我们的责任。

30

有的人坚持认为，并不存在什么有特殊智慧的生物，认为只是一种普遍的智慧，就是说一种大自然中的流体。这种流体会根据自己的判断来决定是否较多地渗入到它所遇到的物体之中。个人认为这一观点有它合理的一面。这样一来，人类或许就是地球上至今为止生命的典型代表，因为人类对于这种“流体”，即所谓的宗教，阻力最小。我们的神经就是这种电流的传感器，我们的大脑中存在某种回路，能够感应这种电流。但是，这种电流绝对不会有不同的性质，这和流经石头、星星、花卉或者动物的电流是相同的。

不过，由于我们没有可以接收到答案的器官，这些问题的答案也因而成为了秘密，而对于这些秘密的探索，从某种程度上说，是没有意义的。我们不妨满足于这一切，满足于这些智慧在人类之上的生物所表现出来的美丽。从我们自己身上观察效果，未免太值得怀疑，我们既是审判员，还是起诉人，就容易陷在自己对世界的美妙幻想里无法自拔。还是让我们去珍惜这些来自外部智慧的迹象吧！与山川河流提供给我们的智慧启迪相比，花卉给我们提供的可能是微不足道的，可就是这些微不足道的智慧，就已经够我们发现生命的奥秘了。这些奥秘使我们有更大的信心去相信赋予万物灵气的“精气”和赋予我们人类肉体智慧与活力的“精气”是同一种。如果它们是同一种物质或者相仿，那么，它们与我们同样地渴望光明，与我们同样地追求美好的生存环境。这样，就十分合乎逻辑了。我们发现了生命中也存在着另一种智慧，是否就代表着生活中不应当对这种智慧插手呢？——就是说，这种智慧是不是应该将追求幸福、完美，以及战胜消亡，抵制邪恶、死亡、黑暗、毁灭，作为一个终极目标呢？或许可以这样说，消亡只是生命的阴影部分，或者就是生活本身的休眠罢了。

附录一　梅特林克年表

1862 年　8 月 29 日出生在法兰德斯的中心城市——根特市，所在家族是比利时传统务实的中产阶级。

1880 年　求学于圣巴比城的耶稣士学院，在校期间梅特林克学习神秘主义。

1885 年　毕业于耶稣士学院，遵从父母之意，踏上律师之路。

1886 年　放弃律师的工作，投身于文坛并前往法国巴黎。那时象征主义开始流行，作家利尔·亚当对他有着重要的影响。

1887 年　返回根特市，重回律师界，但是思想已经被象征主义的美学主义所感染。

1889 年　首部诗集《温室》和首部戏剧《玛莱娜公主》出版。

1890 年　剧本《不速之客》《盲人》和《七公主》出版。

1892 年　剧本《佩利阿斯和梅丽桑德》出版。

1894 年　剧本《阿拉丁和帕洛密德》出版。

1894 年　发表了抒情诗集《十二首歌》（1900 年补充成《十五

首歌》)。

1895年　剧本《室内》和《丁达奇尔之死》出版，并将德国诗人诺凡利斯的《门徒说》翻译成法语。

1896年　剧本《阿格拉凡和塞利赛特》和散文集《卑微者的财富》出版。

1898年　散文集《明智与命运》出版。

1899年　剧本《阿里亚娜与蓝胡子》发表。

1900年　自然史读本《蜜蜂的生活》出版。

1901年　《双重的花园》出版。

1902年　剧本《莫纳·瓦娜》与散文集《埋没的寺院》发表。

1903年　剧本《乔赛尔》《无名客》与《死亡》出版。

1904年　出版《大秘密》。

1905年　《面对寂静》和《沙漏》出版。

1906年　《翅膀的影子》出版。

1907年　3月，剧本《阿里亚娜和蓝胡子》被编成戏剧在巴黎柯克歌剧院上演，自然史读物《花的智慧》由保罗·迪卡斯配乐并出版。

1909年　剧本《青鸟》发表。

1911年　《青鸟》在法国巴黎上演，引起强烈反响。凭此荣获诺贝尔文学奖。

1919年　出版《圣安东的显灵》、剧本《斯蒂尔蒙德市长》。

1927年　自然史读物《白蚁的生活》出版。

1930年　出版《蚂蚁的一生》。

1932年　被比利时国王授予伯爵爵位。

1934 年 《宇宙的生命》出版。

1937 年 3月 13 日，成为法国道德政治学院中的一员。

1940 年 完成回忆录《蓝色泡沫》。

1948 年 因法国学院终身秘书乔治·雷康特的举荐，荣获“法国文学”勋章。

1949 年 3 月 7 日在法国尼斯与世长辞。

附录二　诺贝尔文学奖大系书目

1901 年　苏利·普吕多姆（法国）　《孤独与沉思》
1902 年　特奥多尔·蒙森（德国）　《罗马史》
1903 年　比昂斯滕·比昂松（挪威）　《挑战的手套》
1904 年　何塞·埃切加赖（西班牙）　《伟大的牵线人》
1904 年　弗雷德里克·米斯特拉尔（法国）　《米赫尔》
1905 年　亨利克·显克微支（波兰）　《你往何处去》
1906 年　乔苏埃·卡尔杜齐（意大利）　《青春的诗》
1907 年　拉迪亚德·吉卜林（英国）　《丛林故事》
1908 年　鲁道夫·奥伊肯（德国）　《人生的意义与价值》
1909 年　拉格洛夫（瑞典）　《尼尔斯骑鹅旅行记》
1910 年　保尔·海泽（德国）　《骄傲的姑娘》
1911 年　梅特林克（比利时）　《青鸟》
1912 年　霍普特曼（德国）　《织工》
1913 年　泰戈尔（印度）　《新月集·飞鸟集》
1915 年　罗曼·罗兰（法国）　《约翰·克利斯朵夫》
1916 年　海顿斯坦姆（瑞典）　《查理国王的人马》
1917 年　彭托皮丹（丹麦）　《天国》
1917 年　耶勒鲁普（丹麦）　《明娜》
1919 年　卡尔·施皮特勒（瑞士）　《伊玛果》
1920 年　汉姆生（挪威）　《大地的成长》
1921 年　法朗士（法国）　《泰绮思》
1922 年　贝纳文特（西班牙）　《不该爱的女人》

1923 年　叶芝（爱尔兰）　《当你老了》
1924 年　莱蒙特（波兰）　《农夫》
1925 年　萧伯纳（爱尔兰）　《圣女贞德》
1926 年　黛莱达（意大利）　《邪恶之路》
1927 年　亨利 · 柏格森（法国）　《创造进化论》
1928 年　温塞特（挪威）　《新娘 · 女主人 · 十字架》
1929 年　托马斯 · 曼（德国）　《布登勃洛克一家》
1930 年　辛克莱 · 刘易斯（美国）　《巴比特》
1931 年　埃里克 · 卡尔费尔德（瑞典）　《荒原与爱情》
1932 年　约翰 · 高尔斯华绥（英国）　《福尔赛世家》
1933 年　伊凡 · 亚历克塞维奇 · 蒲宁（俄罗斯）　《阿尔谢尼耶夫的一生》
1934 年　路易吉 · 皮兰德娄（意大利）　《六个寻找剧作家的角色》
1936 年　尤金 · 奥尼尔（美国）　《进入黑夜的漫长旅程》
1937 年　马丁 · 杜 · 加尔（法国）　《蒂博一家》
1944 年　约翰内斯 · 延森（丹麦）　《希默兰的故事》
1945 年　加夫列拉 · 米斯特拉尔（智利）　《葡萄压榨机》
1946 年　赫尔曼 · 黑塞（瑞士）　《荒原狼》
1947 年　安德烈 · 纪德（法国）　《窄门》
1949 年　威廉 · 福克纳（美国）　《喧哗与骚动》
1954 年　海明威（美国）　《永别了，武器》
1956 年　希梅内斯（西班牙）　《小毛驴与我》
1957 年　加缪（法国）　《局外人》
1958 年　帕斯捷尔纳克（苏联）　《日瓦戈医生》